CHARLIE JONAS

Das schönste Geschenk

GOLDMANN

Buch

Für Emma Bloom ist Weihnachten das schönste Fest des Jahres. Nichts ist für die junge gestresste Store-Managerin eines angesagten Londoner Strumpfladens schöner, als nach Hause zu kommen – in das friedliche kleine Haus in Snowhill, wo ihre verwitwete Mutter lebt, wo man an Heiligabend die Strümpfe an den Kamin hängt und am ersten Weihnachtstag alte Nachbarn auf einen Sherry vorbeischauen. Doch diesmal sieht Emma ihrem Lieblingsfest mit einem Kloß im Hals entgegen. Wenige Wochen zuvor ist ihre geliebte Mutter Bonnie gestorben, und mit einem Mal sitzt Emma ratlos und ganz verloren in dem hübschen Cottage, das mit all den Erinnerungen schwer zu ertragen ist. Einzig Cooper, der Yorkshire-Terrier ihrer Mutter, bringt sie dazu, jeden Morgen einen langen Spaziergang durch den verschneiten Park zu machen. Und dort, an einer riesigen Eiche, entdeckt Emma einen Aushang, der ihr Herz stolpern lässt: Bonnie, bitte komm zurück! steht da. Darunter das Foto eines Stoffhasen, den ein kleines Mädchen namens Lilli offenbar verloren hat. Bonnie wieder in die Arme zu nehmen, wäre ihr schönstes Weihnachtsgeschenk, erklärt Lilli. Zwei Tage später kommt Cooper tatsächlich mit einem Stoffhasen im Maul aus dem Gebüsch geschossen. Doch als Emma zu dem Baum zurückgeht, ist der Aushang verschwunden. So beschließt sie, selbst auf einem Zettel ihre Telefonnummer zu hinterlassen. Zunächst passiert nichts, doch dann erhält Emma einen Anruf, der etwas nahezu Magisches in Gang setzt …

Autorin

Charlie Jonas ist das Pseudonym einer deutschen Autorin und Verlegerin, die in Köln lebt und arbeitet. Zuletzt erschien ihr Roman »Katzencafé«, der in vierzehn Sprachen übersetzt wurde und europaweit ein begeistertes Publikum fand.

Charlie Jonas

Das schönste Geschenk

Roman

GOLDMANN

MIX
Papier | Fördert gute Waldnutzung
FSC® C014496

Penguin Random House Verlagsgruppe FSC® N001967

1. Auflage
Taschenbuchausgabe September 2024
Wilhelm Goldmann Verlag, München,
in der Penguin Random House Verlagsgruppe GmbH,
Neumarkter Str. 28, 81673 München

Umschlaggestaltung: UNO nach einem Entwurf von Christina Krutz unter Verwendung von Bildmaterial von © Jane Newland/The Bright Agency
KN · Herstellung: ik
Satz: GGP Media GmbH, Pößneck
Druck und Bindung: GGP Media GmbH, Pößneck
Printed in Germany
ISBN: 978-3-442-49487-3

www.goldmann-verlag.de

Für meine kleine Hasenmama.
Auf noch viele Weihnachten mit dir!

1

Die Tür stand einen Spalt offen wie immer, aber diesmal brach es mir fast das Herz. Ich trat durch das Gartentor, das leise quietschte, bugsierte meinen Rollkoffer hindurch und ging mit zögernden Schritten den verschneiten Weg zu dem kleinen Cottage hoch, das wie von Kinderhand gemalt schien. Ein dickbauchiges, von Kletterrosen und Efeu beranktes Sandsteinhaus in einem zarten Altrosa, das sich zwischen dichte Büsche schmiegte. Ein spitzes Dach mit Schornstein, eine türkisblaue Tür in der Mitte, rechts und links davon Sprossenfenster, hinter denen schwach ein Licht schimmerte.

Primrose Cottage. Mein Zuhause. Mein Zuhause seit fast dreißig Jahren. Ich atmete tief durch und blieb einen Moment stehen. Die Luft war kalt, und der Winterhimmel über den drei alten Rotbuchen, die zuverlässig wie stets hinter dem Haus aufragten, milchig.

Von drinnen hörte ich Cooper bellen, hörte sein aufgeregtes Kratzen an der Haustür, durch die er jetzt entschlossen seine Schnauze zwängte, sah wie dieses kleine braune Fellbündel durch den Schnee auf mich zuschoss, und für einen kurzen Moment gab ich mich der verrückten Illusion hin, dass alles wirklich wie immer sein könnte.

Dass ich wie jedes Jahr nach Snowbridge gefahren war, um das Haus zusammen mit Mum zu schmücken, um die Weihnachtsgirlanden mit den roten und grünen Kugeln am Treppengeländer zu bestfestigen, Lichter und Sterne in die Fenster zu hängen und unter großem Spektakel einen Tannenbaum auf dem kleinen Verkaufsstand vor Snowbridge Manor auszusuchen, den wir anschließend lachend und ächzend nach Hause schleiften und uns dabei gegenseitig versicherten, dass sich alle Mühe gelohnt hatte, weil dieser Baum wirklich der Schönste war, den wir jemals gefunden hatten.

Für einen Augenblick hatte ich die aberwitzige Hoffnung, dass alles Schreckliche, was passiert war, nur ein schlimmer Traum gewesen war, aus dem ich nun endlich erwachte. Dass Mum in der Küche stand oder kurz im Garten war und die Haustür wie immer für mich aufgelassen hatte, weil sie wusste, dass ich gleich kommen würde.

»Ah, Emma, mein Schatz, da bist du ja«, würde sie sagen, während sie in einem viel zu großen Topf rührte, der auf dem Herd stand. »Komm rein, komm rein! Hattest du eine gute Fahrt, Kind? Schau mal, was ich Leckeres für uns gekocht habe.«

Ich sah ihre kleine Gestalt vor mir und spürte, wie mir der Hals mit einem Mal ganz eng wurde. Dann bückte ich mich, um Cooper zu streicheln, der außer sich war vor Freude, mich zu sehen, und immer wieder an mir hochsprang.

»Shhh, Cooper«, sagte ich automatisch. »Ist ja gut … ist ja gut.«

Doch es war nichts gut.

Denn Mum war weder in der Küche noch im Garten noch irgendwo sonst. Sie war überhaupt nicht mehr da.

Und im Türrahmen erschien die patente Mrs. Browning und winkte mir zu.

»Hallo, Emma«, sagte sie. »Da bist du ja endlich. Ich hab dein Auto gehört. Hattest du eine gute Fahrt?«

Ich nickte und merkte, wie mir die Tränen in die Augen stiegen.

»Na, komm erst mal rein. Du zitterst ja wie Espenlaub. Was für ein Wetter! Muss es denn jetzt auch noch schneien?« Mrs. Browning legte den Arm um mich und zog mich ins Haus. »In den Nachrichten haben sie schon davor gewarnt, dass die Landstraßen glatt sein könnten, und ich hatte schon Sorge, dass du …«, bestürzt brach sie ab. »Ach herrje, entschuldige, Emma, wie taktlos von mir … ich wollte nicht, ich meine …«

»Ist schon gut«, entgegnete ich. Mrs. Browning war unsere Nachbarin. Sie wohnte ein paar Häuser weiter, und für Mum war sie über die Jahre so etwas wie eine Freundin geworden. Nicht so, wie ihre beste Freundin Ann, die in Brighton wohnte, aber doch sehr viel mehr als eine Nachbarin. Eleonor Browning trug das Herz auf der Zunge, und dafür, dass meine Mutter an einem dieser stürmischen Regentage im Oktober, die für die Cotswolds so typisch sind, fatalerweise in einer Kurve vom Weg abgekommen war und mit ihrem alten Mini gegen einen Baum krachte, konnte sie nun auch nichts. Mum war von der Bücherei im Nachbarort zurückgekommen, wo sie drei Tage in der Woche arbeitete, es war bereits dunkel gewesen, und wäre sie angeschnallt gewesen, hätte sie den Aufprall vielleicht überlebt. Aber Mum hasste den Gurt. »Was soll ich mit dem blöden Ding, ich fühle mich beengt damit, früher ist es doch auch ohne Gurt gegangen«, beschwerte sie sich immer, wenn ich sie nötigte, sich anzuschnallen. Doch da ich in London arbeitete und die meiste Zeit nicht bei ihr war, hatte ich wenig Einfluss auf das, was sie tat, wenn sie mit ihrem Auto durch die Gegend sauste, das Gesicht immer dicht hinter der Scheibe und mit hochkonzentrierter Miene.

Meine Mutter sah nicht besonders gut, bereits als junge Frau hatte sie mit starker Kurzsichtigkeit zu kämpfen, und auf diese Weise lernte sie auch meinen Vater kennen, der sich damals gerade als Augenarzt im nahegelegenen Stroud niedergelassen hatte. Nachdem die neue Patientin ihre Brille abgenommen hatte, sah Dr. Ernest Bloom der hübschen jungen Frau in ihre blauen, ziemlich kurzsichtigen Augen und verliebte sich sofort in sie. Noch nie hat der Spruch von der Liebe auf den ersten Blick wohl besser gepasst. Wobei Mum sich erst auf den zweiten Blick in ihren künftigen Ehemann verliebte, nämlich, nachdem sie ihre Brille nach eingehender Vermessung und Testung ihrer Augen wieder aufgesetzt hatte. »Du siehst, Emma, alles hat seinen Sinn, sogar meine schlechten Augen haben noch zu etwas Gutem geführt«, sagte sie oft. »Sonst hätte ich deinen Vater ja niemals kennengelernt.«

Mum war eine unverbesserliche Optimistin. Vielleicht hätte sie sogar in dem Unfall, der sie knapp drei Monate vor Weihnachten so plötzlich aus dem Leben gerissen hatte, noch irgendetwas Positives gesehen.

Ich erinnerte mich genau an diesen Tag. Natürlich erinnerte ich mich noch genau daran, so wie jeder Mensch sagen kann, wo er am elften September war, als die Flugzeuge in die Twin Towers krachten und die westliche Welt sich für immer veränderte. Ich ließ gerade das Gitter des kleinen Strumpfladens in Covent Garden herunter, wo ich arbeitete, und freute mich auf einen geruhsamen Abend auf dem Sofa, als der verhängnisvolle Anruf kam. Als ich damals in der Handtasche fluchend nach meinem Handy wühlte, ahnte ich nichts. Ich hatte keine Vorahnung, keinen siebten Sinn. Der Tag war anstrengend gewesen, und ich dachte, es sei vielleicht Kate, die mich fragen wollte, ob ich noch auf ein Glas Wein mit ihr rausgehen wolle. Doch dann war irritierenderweise ein Polizeibeamter aus Snowbridge am Apparat, der sich erst vergewisserte, dass er auch wirklich mit Emma Bloom spreche, bevor er mir dann mit ernster Stimme mitteilte, es habe einen Unfall gegeben, es sähe nicht gut aus und ob ich rasch ins Krankenhaus kommen könnte.

Ich flog nur so über die Autobahn, ich raste die kleinen Landstraßen entlang, die mich in die Cotswolds führten, und als ich nur zwei Stunden später wie betäubt vor Angst und Schrecken in Snowbridge ankam, waren da nur noch die Ärzte, die mit bedauernder Miene vor mir standen und mir versicherten, dass man leider nichts mehr habe tun können.

Vielleicht hätte Mum gesagt, dass es wenigstens schnell gegangen war und dass sie nicht lange leiden musste wie Dad, dessen Krebserkrankung sich über drei Jahre hingezogen hatte. Oder dass sie sich darauf freue, ihren geliebten Ernest nach all den Jahren nun endlich wiederzusehen. Für mich war das ein schwacher Trost. Mum war vierundsechzig, als sie verunglückte, das war kein Alter, in dem man starb, und ich fühlte mich betrogen um ihr Lachen, ihre Herzensgüte und all die Jahre, die sie noch für mich hätte da sein können – und ich für sie. Das Leben war nicht fair.

Irgendwie hatte ich diesen entsetzlichen Tag überstanden, hatte Papiere unterzeichnet, Hände geschüttelt, mit dem von den Brownings herbeigerufenen Bestatter gesprochen – einem schwarzgekleideten Herrn mit lebhaften Augen, der mich ruhig und kompetent durch alle Formalitäten führte. Auf dem kleinen Friedhof von Snowbridge hatte ich wenige Tage später die Beileidsbekundungen von Freunden und Nachbarn entgegengenommen. Kate war aus London gekommen und drückte meine Hand, während der Reverend ein paar freundliche Worte sprach. Ann stand neben mir und war leichenblass, Simon war bereits in Singapur, wo er seinen großartigen Job angetreten hatte, und schickte eine nichtssagende Nachricht. Die Sonne schien, ich trug eine dunkle Brille, ein paar bunte Blätter segelten von der alten Kastanie herab und fielen ins Grab.

Und die ganze Zeit über fühlte ich mich wie unter Wasser, so als ob ein Ozean über mir zusammengeschwappt wäre, der alle Geräusche dämpfte und dem Himmel seine Farbe nahm.

Es war das erste Mal nach Mums Beerdigung, dass ich wieder ins Cottage fuhr. Ich hatte geglaubt, dass es sich jetzt leichter anfühlen würde, doch in Wahrheit fand ich alles nur noch schlimmer. Damals war mir alles vollkommen unwirklich erschienen, wie betrunken war ich durch die Tage getaumelt, doch nun bekam der Tod meiner Mutter eine neue Realität. Ich hatte mir drei Wochen freigenommen, um zu entscheiden, wie es nun weitergehen sollte – mit Primrose Cottage und mit mir.

Ich war neunundzwanzig, meine Eltern waren tot, mein Freund war seit kurzem mein Ex-Freund und sowieso Tausende von Meilen entfernt, und nun stand ich überwältigt von Gefühlen im Flur, hielt den Griff von meinem Rimowa-Koffer umklammert und hörte um Fassung ringend zu, wie Mrs. Browning mir sagte, dass Cooper sehr brav gewesen sei und dass sie mir eine Suppe gebracht hätte.

»Die kannst du später essen. Steht auf dem Herd.« Sie strich sich verlegen durch ihre kurzen grauen Haare und sah mich einigermaßen hilflos an. »Ich dachte, was Warmes tut doch immer gut bei dieser Kälte, nicht wahr?«

Ich nickte stumm, und sie blieb unschlüssig im Flur stehen. »Ach ja, ich hab die Heizkörper eben noch aufgedreht«, meinte sie dann, »aber das dauert immer ein bisschen bei den alten Dingern.«

»Danke.« Ich schluckte.

Mrs. Browning wandte sich zur Tür. Meine Einsilbigkeit machte sie offensichtlich verlegen, aber ich wusste auch nicht, was ich sagen sollte. Mir war irgendwie ganz schlecht, und ich wollte einfach nur allein sein.

»Ich geh dann mal«, meinte sie und warf mir einen mitfühlenden Blick zu. »Und wenn du etwas brauchst oder dir die Decke auf den Kopf fällt oder du nur mal reden möchtest, komm einfach vorbei, hörst du? Wir sind immer für dich da, Emma. Das weißt du.«

»Das ist sehr nett.« Ich versuchte zu lächeln, was mir halbwegs gelang, dann schloss ich die Tür hinter Mrs. Browning, schob den Koffer zur Seite, hängte meinen blauen Mantel, meine Mütze und den Schal an die Garderobe und atmete tief durch.

Zögernd ging ich ins Wohnzimmer, setzte mich versuchsweise in das große braune Ledersofa, auf dem ein buntes Plaid lag, und starrte eine Weile in den dunklen Kamin, wo ein paar Holzscheite aufgeschichtet waren. Wie oft hatten wir abends auf diesem Sofa gesessen, Mum, Dad und ich, hatten uns Filme angesehen und dabei Käsewürfel und Cracker gegessen, hatten Wein getrunken, erzählt und in das Feuer geguckt, das lustig flackerte. Auf diesem Sofa hatte Dad mich getröstet, als ich meinen ersten Liebeskummer hatte, und ich hatte Mum getröstet, als Dad vor acht Jahren gestorben war.

Obwohl alle wussten, dass es zu Ende ging, hatte Mum bis zum letzten Tag noch gehofft, dass ihr geliebter Ernest wieder gesund werden würde. »Es *gibt* Spontanheilungen«, hatte sie gesagt und ihn durch ihre Brille streng angesehen. »Es gibt mehr Dinge zwischen Himmel und Erde, als unsere Schulweisheit sich träumen lässt.« Sie war mit entschlossener Miene durch das Krankenzimmer marschiert und hatte Churchill zitiert: *Never give up. Never!* Und Dad, der sich selbst am Ende seines Lebens noch einen Rest seines Humors bewahrt hatte, hatte sich im Kissen aufgerichtet und gestöhnt: »Churchill in allen Ehren, Bonnie, aber jetzt übertreibst du wirklich ein bisschen. Wo hast du nur all diese Totschlag-Zitate her?« Er grinste schwach, das Wortspiel schien ihm zu gefallen. »Du solltest weniger Bücher lesen, Liebes. Ganz abgesehen davon, dass es für deine Augen nicht förderlich ist. Ich und dieser verdammte Krebs, wir werden keine Freunde mehr, sieh es doch endlich ein. Einer wird die Schlacht verlieren, und ich fürchte, das wird nicht der Krebs sein. Aber eines sag ich dir: Wenn ich sterbe, stirbt er mit.« Er lachte auf, dann wurde aus seinem Lachen ein entsetzlicher Husten.

Dad war einer der lustigsten Menschen, die ich kannte, noch an seinem letzten Tag riss er seine Witze, verlangte nach einem Guinness und paffte eine letzte Zigarette, nachdem der Pfleger, der das Morphiumpflaster erneuert hatte, gegangen war. »Kommt eh nicht mehr drauf an«, meinte er. »Nun mach nicht so ein Gesicht, Bonnie. Jeder zum Tode Verurteilte bekommt doch einen letzten Wunsch erfüllt, oder? Komm her und setz dich zu mir, Liebes! Ich möchte noch einmal in deine schönen kurzsichtigen Augen sehen. Wie beim ersten Mal, als du in meine Praxis kamst, erinnerst du dich noch?«

»Ach, Ernest«, sagte Mum und nahm gerührt seine Hand. »Natürlich erinnere ich mich.«

Wenige Stunden später schloss Dad seine Augen für immer, und Mum war außer sich vor Schmerz, dass weder ihr verehrter Shakespeare noch Winston Churchill recht behalten hatten.

Man kann eben nicht immer gewinnen. Und es passiert auch nicht immer ein Wunder. Manchmal gehen die Dinge einfach zu Ende. Menschen sterben. Sie sind zerbrechlich. Wir alle gehen auf dünnem Eis. Nur das Leben geht immer weiter.

»Wir schaffen das schon, Mum«, hatte ich nach der Beerdigung – die im Übrigen eine sehr schöne Beerdigung war, soweit solche Veranstaltungen überhaupt das Wort »schön« verdienen – mit zitternder Stimme gesagt und ihr immer wieder über die Schulter gestreichelt. »Wir schaffen das.« Ich hoffte, wenn ich es nur oft genug wiederholte, würde es tatsächlich so sein. Wir saßen auf dem alten Sofa wie in einem Rettungsboot auf einem riesigen Meer.

»Weißt du, Dad hat mir versprochen, dass er von wo auch immer gut auf uns aufpassen wird. Auf seine beiden Mädchen. Das hat er gesagt.«

Mum schaute auf und sah mich aus waidwunden Augen an. Ihr Blick drehte mir das Herz um. So viel Unglück hatte ich noch niemals in zwei Augen gesehen. »Wir schaffen das«, wiederholte ich noch einmal. »Dad passt auf uns auf. Ihm geht's jetzt gut. Er war so tapfer. Und wir müssen jetzt auch tapfer sein. Das sind wir ihm einfach schuldig.« Und dann lagen wir uns weinend in den Armen, ich weiß nicht, wie lange, bis Mum schließlich irgendwann aufstand, um einen Tee für uns zu machen.

Für meine Mutter war eine Tasse Tee das Allheilmittel gegen alles: Bauchweh, Herzschmerz, Todesfälle. An diesem dunklen Nachmittag saßen wir uns gegenüber auf dem Sofa, mit angezogenen Beinen, wie zwei Freundinnen, die sich ihre Geheimnisse erzählten, und schlürften den heißen Earl-Grey-Tee, der wie ein Lebenselixier durch unsere Körper strömte.

»Es wird schon irgendwie weitergehen, es muss ja weitergehen«, hatte Mum in ihre Tasse gemurmelt. Und einen Monat später hatte sie Cooper mitgebracht, einen süßen, tapsigen Welpen, der ab diesem Tag mit auf dem Familiensofa saß und Mum auf ihren langen Spaziergängen begleitete. Ich glaube, Cooper hat ihr damals das Leben gerettet.

Auch jetzt saß er schwanzwedelnd vor dem Sofa und schaute mich erwartungsvoll an, bereit, zu mir hinaufzuspringen für eine gemütliche Kuschelstunde.

»Nein, Cooper, jetzt nicht«, sagte ich und schüttelte den Kopf.

Ich stand auf und ging zum Esstisch hinüber, auf dem ein Kerzenleuchter neben einer leeren Vase stand. Im Vorbeigehen ließ ich meine Finger zärtlich über die Buchrücken in den Regalen gleiten. Mum liebte Bücher, es war ja nicht ohne Grund, dass sie in einer Bibliothek gearbeitet hatte. So oft hatte sie mir einen Roman mitgebracht, von dem sie meinte, ich sollte ihn unbedingt lesen, damit wir uns darüber austauschen konnten, doch ehrlicherweise muss ich gestehen, dass ich über die ersten Seiten nie hinausgekommen war. Jetzt tat es mir leid. Jetzt hätte ich wohl alle Bücher im Regal gelesen, nur um noch einmal ein paar Stunden mit ihr reden zu können.

Wehmütig ließ ich den Blick über die taubenblauen Wände schweifen, an denen ein paar Landschaftsgemälde, Blumenaquarelle und gerahmte Familienfotos hingen. Meine Eltern als Hochzeitspaar. Ein Bild von meiner Einschulung. Dad vor seiner Praxis in Stroud. Wir drei bei einem Picknick an einem kleinen Fluss, der sich durch die sanften Hügel der Cotswolds schlängelte. Mum und ich in Sommerkleidern vor einem riesigen Lavendelfeld, dessen intensiven Duft ich mit einem Mal wieder wahrzunehmen glaubte.

Momentaufnahmen glücklicher Tage.

Ich seufzte. Wie lange hatte ich diese Fotos nicht beachtet? Jahre hatten sie an der Wand gehangen, ohne dass ich sie wirklich sah.

Ich trat näher an das Bild mit dem Lavendelfeld und sah uns beide in die Sonne blinzeln und über irgendetwas lachen, Mum mit ihren blonden Haaren, die mit einer Hand abwehrend in die Kamera wedelt, und ich mit meinen langen braunen Locken unter dem kleinen Strohhut, den Dad mir gekauft hatte. Und da fiel mir auch wieder ein, was damals so lustig gewesen war. Mum hatte im letzten Moment »Warte, Ernest, nein, noch nicht« geschrien und sich die Brille fürs Foto so heftig heruntergerissen, dass sie im hohen Bogen nach hinten in das Lavendelfeld geflogen war. Mum war sehr eitel. Und anschließend waren wir eine halbe Stunde auf dem Boden herumgekrochen, um ihre Brille wiederzufinden.

Ich lächelte, und mein Herz wurde schwer.

Was machte man mit all den Erinnerungen, wenn diejenigen, mit denen man sie teilen konnte, nicht mehr da waren?

Ich wandte den Blick ab und sah zur Tür, wo in der Ecke neben dem Fenster der rot-karierte Ohrensessel stand, in dem Mum so oft gesessen hatte. Auf dem Beistelltischchen lagen noch ein Buch und ihre Brillenhülle. Ich nahm das Buch in die Hand und strich über den Ledereinband – eine antiquarische Ausgabe von Edith Whartons *Zeit der Unschuld* –, dann legte ich es vorsichtig wieder zurück und fragte mich, wieso jemand, der so gern lachte, so gerne traurige Romane las.

»Bücher mit Happy End vergisst man rasch«, hatte Mum mir einmal erklärt. »Aber an die Romane mit einem unglücklichen oder offenen Ausgang erinnert man sich sein Leben lang. Keine Ahnung, warum das so ist. Vielleicht weil wir Menschen ein schlechtes Ende nicht akzeptieren können und immer weiter auf ein gutes hoffen.«

Ich starrte auf den leeren Sessel und vermisste Mum, wie sie dort immer gesessen hatte, den blonden Schopf über ein Buch gebeugt, ganz vertieft in ihre Lektüre. Und als ich weiter in die Küche ging, vermisste ich sie noch mehr. Alles war geputzt und aufgeräumt, und Mrs. Brownings kleiner Suppentopf stand auf dem Gasherd bereit. Doch wo war Mums großer Topf, bei dem ich mich immer fragte, wie sie ihn überhaupt tragen konnte. Wo waren all die verheißungsvollen Gerüche, die durch die Küche wehten, wenn ich nach Hause kam, die wilden Kräuter auf der Fensterbank, die Rosenzweiglein aus dem Garten, die sie in Schnapsgläser tat und überall aufstellte, die karierten Geschirrhandtücher, die auf der Anrichte herumlagen, weil sie grundsätzlich keine Topflappen benutzte? Wo war meine Mum, verdammt noch mal? Wieso hatte es gerade sie erwischt?

Ich schluchzte auf, und Cooper, der die ganze Zeit schnüffelnd hinter mir hergelaufen war, weil er das Ganze offenbar für ein neues Spiel hielt, legte den Kopf schief und sah mich aus seinen braunen Knopfaugen fragend an. Er konnte ja nicht verstehen, dass sein Frauchen für immer weg war.

»Tja, Cooper«, sagte ich mit zitternder Stimme. »Wie es aussieht, gibt es jetzt nur noch dich und mich.«

Ich kraulte seinen Nacken, und er winselte zustimmend und stupste mich aufmunternd an, weil das Spiel weitergehen sollte. Doch als ich die Küche verließ und mit meinem Koffer die steile Treppe zu den Schlafzimmern hochstieg, trottete er in den Flur zurück und legte sich in sein Weidenkörbchen im Flur.

Ich warf einen Blick ins Schlafzimmer. Die Laura-Ashley-Vorhänge vor der Dachgaube waren zugezogen, und über dem breiten Bett lag eine Patchwork-Decke, die eine gnädige Hand inzwischen über das unbenutzte Federbett gebreitet hatte. Ein paar Kissen waren so ordentlich am Kopfende drapiert, wie Mum es wohl niemals hinbekommen hätte.

Leise zog ich die Tür wieder zu. Dann ging ich in mein Zimmer, wo noch das schwarze Kleid über dem Stuhl hing, das ich auf der Beerdigung getragen hatte. Mums Todesanzeige lag auf dem Schreibtisch unter dem Fenster, zusammen mit einem kleinen Stapel von Kondolenzbriefen.

Bonita Bloom. Niemand hatte meine Mutter je Bonita genannt, sie selbst mochte den Namen nicht besonders, weil er ihr zu hochtrabend klang. Alle hatten immer nur Bonnie zu ihr gesagt – Bonnie, die Liebenswerte, die Hübsche, die Gute, das passte viel besser zu ihr. Aber der Bestatter riet mir damals, den

Namen so aufzusetzen, wie er in der Geburtsurkunde stand, immerhin ginge es um eine Beerdigung, und da müsse alles korrekt sein, meinte er. Und ich nickte nur, ich hätte wohl allem zugestimmt, er war schließlich der Fachmann, wenn es um Todesfälle ging, nicht ich.

Im Zeitlupentempo fing ich an, meine Sachen in den Kleiderschrank zu räumen, und als ich damit fertig war, dämmerte es bereits. Ich brachte meine Kulturtasche ins Bad, schob den Koffer in die kleine Abstellkammer, ging wieder nach unten, füllte Coopers Fressnapf mit Futter und stellte Mrs. Brownings kleinen Suppentopf in den Kühlschrank. Dann machte ich mir einen Tee, legte ich mich ins Wohnzimmer auf das große Sofa, wickelte Mums Plaid um mich und starrte an die Decke.

Das Haus war so dunkel, traurig und leer, wie ich es noch nie erlebt hatte.

Mum fehlte. Erst jetzt wurde mir klar, wie sehr. In ihrer Nähe hatte niemand frieren müssen. Sie brachte Licht und Wärme in die Räume. Im Sommer riss sie unbekümmert alle Fenster auf, um die Sonne hereinzulassen, und im Winter knisterte im Wohnzimmer stets ein behagliches Feuer im Kamin. Jetzt erschien mir alles kalt und tot.

Manche Leute behaupteten, dass die Cotswolds das Herz von England waren, und wenn dem so war, dann war Mum wohl das Herz von Primrose Cottage.

Gewesen.

Meine süße kleine Mama war einfach so verschwunden. An einem regnerischen Tag Anfang Oktober war sie aus ihrer gewohnten Umlaufbahn geflogen, und nun lag sie in einem schmalen Sarg auf dem Friedhof von Snowbridge, unter hundert Schaufeln Erde, unter hundert bunten Blumen, und in zwölf Tagen war Weihnachten. Es würde wohl das traurigste Weihnachten meines Lebens werden.

»Ach, Mum«, flüsterte ich, während mir die Tränen in der Dunkelheit über die Wangen rollten und ich diese entsetzliche Lücke spürte, die mit nichts zu überdecken war – nicht mit Blumen, nicht mit Erde, nicht mit tröstenden Worten oder einer gutgemeinten Suppe.

»Du fehlst mir so.«

2

Als es am nächsten Morgen an der Haustür klopfte, wusste ich im ersten Moment nicht, wo ich war. Noch halb im Traum setzte ich mich auf und sah mich verwirrt um.

Die Sonne schien hell ins Wohnzimmer, und ich schloss geblendet die Augen. Als ich sie wieder öffnete, bemerkte ich die Teetasse, die noch halb voll neben der bauchigen Teekanne auf dem Couchtisch stand. Ich war tatsächlich auf dem Sofa eingeschlafen.

Ein Blick auf die Armbanduhr sagte mir, dass es neun Uhr war. Ich hatte zwölf Stunden geschlafen. So viele Stunden, wie schon lange nicht mehr.

Wieder wurde der schwere Messingklopfer betätigt, und in das Hämmern mischte sich nun auch noch Coopers Gebell. Eilig warf ich die Decke beiseite, fuhr mir rasch mit den Fingern durchs Haar und zog meine Strickjacke glatt. Wer um Himmels willen machte so früh am Sonntag solch einen Radau? Mrs. Browning doch wohl nicht, die hatte einen Ersatzschlüssel. Seufzend ging ich auf Strümpfen in den Flur.

»Moment«, rief ich. »Ich komm ja schon.«

Das Gehämmere hörte schlagartig auf, und ich blickte neugierig durch das rautenförmige Fensterchen in der Tür.

Draußen stand Violet Hetherford und starrte mich aus ihren großen wässrigen Augen vorwurfsvoll an.

»Nun mach schon auf, Emma, oder willst du eine alte Frau draußen erfrieren lassen?«

Ich zog die Tür auf. »Mrs. Hetherford!«, rief ich verwundert. »Was machen Sie denn hier?«

Sie wackelte triumphierend mit dem Kopf. »Na, ich wollte mal nach dir schauen, Kindchen. Eleonor hat mir erzählt, dass du wieder zu Hause bist. Da komme ich natürlich vorbei.«

Natürlich. Ich musste lächeln. Der Flurfunk funktionierte schnell in einer Kleinstadt wie Snowbridge. In meinem Londoner Apartment hätte ich tagelang da oder weg sein können, ohne dass es irgendjemandem aufgefallen wäre.

»Ich habe dir was zum Frühstück mitgebracht.« Mrs. Hetherford trat ein und quetschte sich an mir vorbei, um in die Küche zu gelangen. Dann zog sie aus ihrem Stoffbeutel eine Tüte, ein Döschen mit Clotted Cream und ein Glas Marmelade. »Scones und Violets gute Erdbeermarmelade, alles selbst gemacht.«

Sie lächelte stolz, und ihr Gesicht verzog sich in hundert kleine Fältchen.

Violet Hetherford war eine ältere Dame aus der Nachbarschaft. Sie war Witwe wie Mum, aber um einiges älter als meine Mutter. Sie war schon alt gewesen, als ich noch zu Schule ging, und als sie jetzt so behände ihre Mitbringsel auspackte, fragte ich mich, ob sie nicht inzwischen die Neunzig überschritten haben musste. Jedenfalls lebte sie immer noch allein in ihrem Hexenhäuschen am Ende der Primrose Lane, war guter Dinge wie immer, neugierig wie immer und schien sich auch ansonsten nicht zu verändern.

Violet war berüchtigt für ihre »selbstgemachten Scones«, die sie großzügig in der Nachbarschaft verteilte. Sie waren hart wie Steine – offenbar beachtete Mrs. Hetherford die Backzeiten nicht oder sie vergaß das Backpulver –, aber da sie selbst zum Frühstück immer nur ihr Porridge aß und keiner so unhöflich war, ihr jemals die Wahrheit zu sagen, hörte sie nicht auf mit der Produktion ihrer wunderbaren Gebäckstücke, die man ohne Weiteres auf dem Golfplatz hätte verwenden können.

»Danke. Das ist ja wirklich ganz reizend, Mrs. Hetherford«, sagte ich höflich. Ich war im Flur stehen geblieben, aber mein Besuch schien nicht die Absicht zu haben, so rasch wieder zu verschwinden.

Ohne Umschweife legte sie ihren Hut und ihren dicken Wollmantel ab und hängte ihn über einen der Küchenstühle. »Und? Wie geht es dir, Schätzchen?« Sie musterte mich eindringlich, als ich jetzt in die Küche trat, und kam gleich zur Sache. »Du bist schmal geworden, Emma. Isst du überhaupt noch was?« Sie klang schon wie Kate. »Ach, das ist aber auch alles furchtbar.« Sie seufzte theatralisch. »Die arme Bonnie. Ich kann es selbst immer noch nicht glauben. Wir alle hier sind immer noch ganz entsetzt. So eine Tragödie! Sie war doch noch blutjung. Erst vierundsechzig! Und solch eine herzensgute Person. Es tut mir so leid, Kindchen. Das alles ist so entsetzlich. Und wie ich höre, bist du ganz allein gekommen. Hast du denn keinen netten Freund?«

»Nicht wirklich.« Ich schluckte. Ich hatte ehrlich gesagt keine Lust, jetzt auch noch über Simon zu reden, der auf einem anderen Kontinent hockte und eine glanzvolle Karriere auf dem Gebiet der künstlichen Intelligenz vor sich hatte. Oder darüber, wie schrecklich alles war. Das war eben der Nachteil, wenn man nach Hause kam. Hier wussten alle von Mums Unfall. Jeder, dem ich begegnete, würde mich mit diesem mitleidigen Blick ansehen und sich bemüßigt fühlen, irgendeinen anteilnehmenden Kommentar abzugeben und mir zu versichern, dass ich immer willkommen wäre, oder mir Suppen und Lebensmittel vorbeibringen, damit ich nicht verhungerte. »Die arme Emma«, würden sie sagen, sobald ich außer Reichweite war, und besorgt ihre Köpfe zusammenstecken. »Erst der Vater, jetzt die Mutter. Keine Geschwister. Und einen Freund hat sie offenbar auch nicht.«

In London, wenn ich in meinem Laden in Covent Garden die Kundinnen bediente, meine Einkäufe im Supermarkt machte, Kate in ihrer Buchhandlung in Kensington abholte, um mir das nächste Kapitel ihrer total verrückten Liebesgeschichte anzuhören, morgens an der Themse entlangjoggte oder abends eine Serie auf Netflix guckte, konnte ich das ganze Drama für kurze Zeit vergessen. In Snowbridge hingegen war ich jetzt so etwas wie eine tragische Heldin. So eine wie die unglücklichen Gestalten aus Mums Romanen, die man nicht so leicht vergisst.

Violet Hetherford räusperte sich angelegentlich, und ich kehrte wieder in die Küche von Primrose Cottage zurück.

»Woran denkst du, Liebes?«

»Ach, an nichts. Ich bin einfach noch ein bisschen müde, Mrs. Hetherford.«

»Ich verstehe.« Sie sah mich gedankenverloren aus ihren wässrigen Augen an. »Deine Mutter liebte meine Scones, weißt du?« Sie seufzte tief und ließ sich dann elegant auf einen der Küchenstühle sinken. »Warum erwischt es die Nettesten eigentlich immer zuerst, das frag ich mich schon lange.« Sie schüttelte unmutig den Kopf.

Ich lehnte mit dem Rücken an der Spüle und fragte mich das auch, wenn vielleicht auch nicht ganz so lange wie die alte Dame. Am liebsten hätte ich mich wieder auf das Sofa verkrochen und mir die

Decke über den Kopf gezogen. Aber wie es aussah, war daran nicht zu denken.

»Willst du uns nicht einen Tee machen, Kindchen? Ich leiste dir Gesellschaft, und dann reden wir ein bisschen.«

»Ja, sicher«, entgegnete ich und griff ergeben nach dem Wasserkessel.

Eine Stunde später wusste Violet Hetherford alles, was sie wissen wollte. Mit einer unglaublichen Hartnäckigkeit hatte sie aus mir herausgekitzelt, dass Simon, mit dem ich seit zwei Jahren zusammen war (auch wenn wir nie zusammengewohnt hatten), am Ende des Sommers das Job-Angebot seines Lebens angenommen hatte, ohne auch nur vorher mit mir darüber zu sprechen. Immer noch dachte ich mit Unbehagen an unseren schicksalhaften Abend in einem völlig überteuerten Restaurant in Chelsea, der für mich eine ganz unerwartete Wendung genommen hatte. Simon hatte mich zum Dinner eingeladen, er tat sehr geheimnisvoll und meinte, es gäbe einen Grund anzustoßen. Ich hatte mir schon alles Mögliche ausgemalt – ja, ich gebe es zu, auch ein kleines Schmuckkästchen hatte durchaus seinen Platz in meinen Fantasien gefunden –, aber sicher hatte ich nicht damit gerechnet, dass der Mann, den ich für meinen Freund hielt, einfach so nach Singapur entschwinden würde.

Seine Ankündigung machte mich sprachlos.

»Und was wird aus uns?«, hatte ich gefragt.

»Ach, Emma, manchmal lebst du wirklich noch im neunzehnten Jahrhundert. Wir können doch skypen«, hatte Simon belustigt erklärt.

»*Skypen?* Ist das dein Ernst? Soll ich dann meine Hand gegen den Computer drücken, um dir Gute Nacht zu sagen? Oder mich morgens auf einen Kaffee vor dem Bildschirm mit dir verabreden?«

»Nun mach kein Drama draus, bitte. Es sind doch nur zwei Jahre ... Dann sehen wir weiter. Und es ist *die* Chance für mich.«

»*Nur* zwei Jahre?«, hatte ich fassungslos wiederholt. »Du gehst für zwei Jahre weg, Simon, und sprichst vorher nicht mal mit mir?«

»Was jetzt? Muss ich um Erlaubnis fragen? Ich habe dir immer gesagt, dass mein Job mir wichtig ist. Was kann ich dafür, wenn du dich in deinem Vintage-Strumpfladen nicht mehr wohlfühlst. Wenn du unzufrieden bist, dann ändere was in deinem Leben, aber lass es nicht an mir aus, bitte.«

Wie immer verstand Simon es perfekt, mich ins Unrecht zu setzen. Was er sagte, stimmte leider, denn seit die reizende Louisa Pearl – die Besitzerin des gleichnamigen Vintage-Strumpfladens in Covent Garden, der gleich neben dem nostalgischen Spielwarengeschäft von Benjamin Pollock lag und den ich so viele Jahre eigenständig und mit großer Begeisterung geführt hatte – gestorben war, hatte sich meine Situation dramatisch verschlechtert. Irgendein Enkel hatte Louisa Pearls wunderbares Geschäft geerbt und es an einen großen Dessous-Filialisten verkauft, und seither waren die einst so besonderen Strumpfhosen mit ihren Schmetterlingen, Rosen, Ringeln, Marienkäfern und fantasievollen Mustern nach und nach abgeschafft worden. Zwar hatte man mich übernommen und zur »Store Managerin« gemacht, was zunächst recht glanzvoll klang, aber in Wirklichkeit bedeutete das nur, dass ich nicht mehr wie bisher selbstständig den Einkauf machen durfte, sondern die Strümpfe, Socken, Schals und Tücher verkaufte, die zentral geordert wurden.

Ich war immer eine leidenschaftliche Verkäuferin gewesen, und ich liebte die Strümpfe und die wunderbaren Strickwaren und Stoffe von Louisa Pearl, mit denen ich das Schaufenster so märchenhaft dekorierte, dass jede Passantin entzückt stehen blieb. Doch inzwischen bestand meine Arbeit eigentlich nur noch darin, Pakete auszupacken und mehr oder weniger austauschbare Ware in die Regale zu räumen, Sachen, die ich selbst niemals ausgesucht hätte, weil ihnen schlicht und ergreifend der Zauber fehlte, den dieses Geschäft einmal ausgemacht hatte. Dass die Umsätze zurückgingen, war für mich nicht erstaunlich, für die Konzernleitung jedoch schon. Doch als ich darauf hinwies, dass ich meine

Kundschaft in Covent Garden sicher besser kennen würde als irgendeine zentrale Einkäuferin, die irgendwo in Manchester saß, unterstellte man mir, ich würde mich nicht genug anstrengen beim Verkauf. Das war natürlich weder wahr noch besonders motivierend, und sicherlich hatte ich mich manchmal über meine Arbeit beschwert, aber das rechtfertigte in meinen Augen nicht, dass Simon eine so wichtige Entscheidung wie Singapur nicht gemeinsam mit mir getroffen hatte und jetzt noch versuchte, mir einen Vorwurf daraus zu machen. Als ich ihm das sagte, wurde er ungehalten.

»Meine Güte, du kannst einem echt alles vermiesen, Emma«, sagte er. »Was ist denn nur los? Nun mach nicht so ein Gesicht. Ich dachte, du freust dich für mich. Du kannst mich schließlich besuchen. Es ist Singapur und nicht der Mond, weißt du?«

Der Abend endete mit einem Missklang. Und erst nachdem Simon gegangen war, fiel mir auf, dass er nicht einmal gefragt hatte, ob ich mir vorstellen könnte, mit ihm nach Singapur zu gehen.

»Er hat dich nicht mal *gefragt*?«, meinte Kate, als ich ihr davon erzählte, und zog die Augenbrauen hoch. Kate hatte noch nie eine besonders hohe Meinung von Simon gehabt. »Das sagt doch schon alles, findest du nicht?«

Ich zuckte die Schulter. »Ich wäre eh nicht mitgekommen«, gab ich trotzig zurück. »Was soll ich denn in Singapur?« Aber ich hatte selbst kein gutes Gefühl.

Der Abschied am Flughafen war eher kühl, und unsere anfänglichen Skype-Gespräche verliefen schleppend. Simon schien sehr angetan von seinem neuen Job und den Annehmlichkeiten des Lebens in Fernost, er schwärmte von seinem riesigen Apartment im 98. Stock eines modernen Wolkenkratzers, dem weißen Sandstrand am Stadtrand und den grünen Gärten und Parks, davon, wie sicher es in Singapur sei und wie wunderbar sich westliche und östliche Dinge doch vertrugen. Und als ihm eine junge Chinesin für sein Projekt zugeteilt wurde, kannte seine Begeisterung gar keine Grenzen mehr. Immer öfter fiel der Name Chen Lu, und immer weniger wurde über einen möglichen Weihnachtsbesuch gesprochen. Und als Mum dann verunglückte, setzte Simon sich nicht in den nächsten Flieger, um bei mir zu sein, sondern schickte eine WhatsApp.

Natürlich erzählte ich Mrs. Hetherford nicht jedes unrühmliche Detail meiner Beziehung, als wir dort in der Küche zusammensaßen und ich heroisch versuchte, ihre steinharten Scones mit viel Clotted Cream und einer wirklich fantastischen Erdbeermarmelade essbar zu machen, aber die alte Dame begriff mit der Weisheit eines langen Lebens doch sehr rasch, warum Simon »nicht wirklich« mein Freund war.

»Ist es denn die Möglichkeit«, sagte sie und stellte ihre Teetasse ehrlich entsetzt ab. »Zu meiner Zeit waren die jungen Männer wirklich mehr auf Zack. Wenn ich da an meinen William denke, wie der sich ins Zeug gelegt hat … »

Sicher hätte Violet Hetherford mir noch mehr von ihrer Zeit erzählt, die augenscheinlich so viel besser gewesen war als die meine, doch dann wurde Cooper unruhig. Für ihn war jetzt genug geredet worden. Unübersehbar setzte er sich vor mich hin, legte die Pfote auf mein Knie, fing an zu bellen und bestand auf seinem Morgenspaziergang.

»Ich glaube, ich muss dann mal los, Mrs. Hetherford«, sagte ich und zuckte entschuldigend mit den Schultern.

»Violet … du darfst Violet zu mir sagen.« Mrs. Hetherford wedelte großzügig mit der Hand und kicherte. »Wir sind doch jetzt so etwas wie Freundinnen, nicht wahr?«

Ich bedankte mich artig, und als wir uns vor dem Haus voneinander verabschiedeten, fiel meiner fast hundertjährigen neuen Freundin noch etwas ein.

»Aber heißt das jetzt, dass du an Weihnachten ganz allein hier sitzt?« Sie runzelte die Stirn.

»Na ja, nicht *ganz* allein«, erwiderte ich und versuchte optimistisch zu klingen. »Cooper ist doch bei mir. Und wir werden es uns mit einem Portwein gemütlich machen, so wie früher.« So wie früher, dachte ich wehmütig, wenn am ersten Weihnachtstag Freunde und Nachbarn am Nachmittag auf ein Glas vorbeigekommen waren, und wir alle gemütlich zusammengesessen hatten.

Violet Hetherford wackelte bedenklich mit dem Kopf. »Ich halte das für keine gute Idee, Kindchen«, krächzte sie. »Für gar keine gute Idee. Alkohol sollte man nie allein trinken.« Sie zwinkerte mir zu. »Bevor du also den Moralischen kriegst und wir am Ende den Notarzt rufen müssen, komm lieber zu mir. Ich habe zwei gute alte Freundinnen da. Wir knabbern Ingwerplätzchen und hängen uns vor die Glotze. Mal sehen, was die Queen dieses Jahr in ihrer Ansprache zu verkünden hat. Und anschließend gibt es eine fette Gans. Und Plumpudding. Die Gans mache ich übrigens immer noch selbst!«

»Beeindruckend«, meinte ich lächelnd. »Aber ich habe noch nie gehört, dass jemand an zu viel Portwein gestorben ist. Trotzdem danke für die Einladung. Wenn Gefahr im Verzug ist, komme ich natürlich, aber ich denke, das wird nicht notwendig sein.«

Der Gedanke, die Vierte im Bunde dieses munteren Greisinnen-Kleeblatts zu sein, ließ mich erschaudern. Ich winkte Violet Hetherford nach, die jetzt die Primrose Lane entlangtrippelte, und überlegte, ob ihre Gans wohl von ähnlicher Konsistenz war wie ihre Scones. Dann nahm ich Cooper an die Leine und schlug den Weg zum Park ein.

3

Der Park von Snowbridge Manor lag nur zehn Gehminuten vom Cottage entfernt. Manor House, ein in Ocker gestrichenes Gebäude aus dem achtzehnten Jahrhundert, leuchtete in der Ferne hinter verschneiten Buchsbaumhecken in der Morgensonne. Eine gekieste Auffahrt führte zu dem schmucken Herrenhaus mit der steinernen Freitreppe, in dem sich heute eine eher unbedeutende Gemäldesammlung englischer Landschaftsmalerei befand, die kaum noch jemanden zu interessieren schien.

Der Park war menschenleer. Am anderen Ende der riesigen Rasenfläche entdeckte ich die Gestalt eines einsamen Spaziergängers, der sich aus dem Schatten einer riesigen Eiche löste und – mit Mütze und Schal vermummt wie ich – seinen Hund ausführte. Um diese Uhrzeit saßen die Familien noch gemütlich beim Sonntagsfrühstück.

Gedankenverloren stapfte ich die verschneiten Wege entlang, die sich zwischen dichtem Buschwerk und unter alten Bäumen entlangschlängelten. Cooper, den ich von der Leine gelassen hatte, als wir den Park betraten, lief glücklich einige Meter vor mir her. Er sauste vor und zurück, schnüffelte interessiert an den Wurzeln der Bäume, scharrte mit den Pfoten im Schnee und fand einen abgerissenen Ast, den er stolz ins Maul nahm und dann auffordernd vor mich hinlegte. Ich tat ihm den Gefallen und warf den Stock ein paar Mal so weit ich konnte, dann rief ich Cooper zu mir und bog zu dem kleinen Bach ab, wo wir als Kinder im Winter manchmal Schlittschuh gelaufen waren. Auch jetzt war der Bach zugefroren. Ich trat näher und prüfte wie früher mit einem Fuß das Eis. Es knirschte ganz leise unter meinem Schuh, schien aber fest genug. Erst jetzt bemerkte ich das Loch, das jemand in die Eisdecke geschlagen hatte, die Schicht war mindestens zwanzig Zentimeter dick, also sicher. Das hatte Dad mir immer eingetrichtert, dass man erst die Dicke des Eises überprüfen musste, vor allem bei fließenden Gewässern. Ich lächelte, konnte mich gar nicht mehr erinnern, wann ich zum letzten Mal Schlittschuh laufen war. Ich war immer eine gute Schlittschuhläuferin gewesen, aber es war schon Ewigkeiten her, dass ich mich aufs Eis begeben hatte. Eigentlich seit damals, als ich aus Snowbridge wegging, um bei *Harrods* in London meine Ausbildung zu beginnen. Dad war ein bisschen enttäuscht, er hatte wohl gehofft, dass seine einzige Tochter eines Tages die Praxis übernehmen würde, ich aber hatte keine Ambitionen, Tag für Tag in die Augen anderer Menschen zu starren. Schon als Kind hatte ich es geliebt, auf einer Decke vor dem Haus zu sitzen und Dinge anzupreisen und zu verkaufen. Beim Schulbasar nahm ich stets das meiste Geld ein. Und dass es mit meiner Bewerbung bei dem Luxuskaufhaus in der Brampton Road auf Anhieb geklappt hatte, war wie ein Sechser im Lotto für mich. Das hatten selbst meine Eltern verstanden, die mich schweren Herzens ziehen ließen. Wenn ich ehrlich bin, konnte es mir damals gar nicht schnell genug gehen, aus den Cotwolds und vor allem aus Snowbridge herauszukommen, wo mich alles an Peter erinnerte.

Der schöne Peter, der mich noch vor dem Abschlussball wegen Melissa hatte sitzenlassen. Melissa war meine beste Freundin, die ich schon aus der Primary School kannte. Ich hielt sie stets für schüchtern und weniger hübsch als mich, sie segelte die ganze Schulzeit in meinem Windschatten, denn ich war sehr beliebt und nahm sie stets überallhin mit. Umso mehr traf mich der Verrat. Ich war außer mir vor Schmerz und Empörung und weigerte mich, auf den Abschlussball zu gehen.

Meine Eltern versuchten mich zu trösten, so gut sie konnten, und versicherten mir, dass alles wieder gut werden würde. Doch ich schrie nur »Was wisst ihr schon?« und riegelte mich eine Woche lang in meinem Zimmer ein, schluchzte in mein Kissen und war überzeugt davon, dass es keinen unglücklicheren Menschen auf der Welt geben konnte als mich, und dass mein Leben ohne Peter sowieso vollkommen sinnlos geworden sei.

Ein paar Mitschülerinnen kamen vorbei, um nach mir zu sehen und zu fragen, ob ich nicht doch zum Abschlussball kommen wollte, aber wenn Mum dann behutsam an meine Zimmertür klopfte, um mir zu sagen, dass ich Besuch hatte, wies ich sie wütend an, alle wegzuschicken.

Ich wollte niemanden sehen. Ich warf das schöne grüne Ballkleid auf den Boden und trampelte heulend darauf herum. Mum zog mich in die Arme. »Ach, Kind, nun sei doch nicht so verzweifelt … glaub mir, das ist nur Liebeskummer, der geht vorbei.«

Ich glaubte ihr kein Wort, ließ mich aber überreden, zum Abendessen nach unten zu kommen.

»Meine Güte«, meinte Dad kopfschüttelnd, als wir später auf dem Sofa saßen, während Mum einen Tee für uns machte. »All diese Tränen. Du wirst noch ganz Snowbridge überfluten. Das verdient dieser Idiot doch gar nicht.« Er legte seine Hände auf meine Schultern, sah mir in die Augen und rüttelte mich sanft. »He, wo bleibt dein Kampfgeist, Scarlett O'Hara?« Er fischte nach meiner Hand, bog die Finger zu einer Faust und reckte sie in die Höhe. »Ich will nie wieder hungern, so wahr mir Gott helfe!«, rief er theatralisch, und ich musste lachen. »So ist es schon besser«, sagte er. »Wegen so einem Blödmann musst du nicht weinen, mein Schatz. Spar die deine Tränen lieber für unsere Beerdigung auf. He, wenn du da nicht mindestens so flennst wie jetzt, bin ich echt sauer, hörst du.« Er hielt mir ein frisches Taschentuch hin.

Ich hatte unter Tränen gelächelt. »Versprochen, Daddy.« Damals schien der Tod noch so weit entfernt.

Irgendwann erwachte mein Kampfgeist wieder, ich verließ mein Zimmer und schickte schließlich meine Bewerbung ab. Und nach ein paar Monaten im aufregenden London war Peter vergessen. Als ich ihm später bei einem meiner Besuche in Snowbridge zufällig über den Weg lief, fand ich seine Art zu reden oberflächlich und sein Lachen aufgesetzt. Ich konnte gar nicht mehr verstehen, wie ich mich überhaupt in ihn hatte verlieben können. Ich erfuhr, dass er am Ende doch nicht mit Melissa zusammengeblieben war, die nach seinen eigenen Worten so viel langweiliger gewesen sei als ich – und selbst das interessierte mich nicht mehr.

Schon seltsam, dass Menschen, die einem einmal so wichtig waren, später gar keine Bedeutung mehr haben.

In Peters Fall hatte die Zeit ziemlich rasch alle Wunden geheilt. Es war nur Liebeskummer, es ging vorbei, wie Mum es prophezeit hatte. Damals wusste ich noch nicht, was echter Kummer ist. Was es bedeutet, wenn man für immer Abschied nehmen muss. Das begriff man erst, wenn man hinter einem Sarg hergegangen war. Dann war es wirklich und unwiderruflich zu Ende.

Ich merkte, wie mir wieder die Tränen in die Augen stiegen. Trotzig vergrub ich die Hände in den Taschen und beschleunigte meinen Schritt.

Vielleicht war es doch nicht so eine gute Idee gewesen, hierher zu kommen. Vielleicht hätte ich über Weihnachten besser in London bleiben sollen. In meinem Apartment war ich zwar auch allein, aber alles war besser, als in diesem leeren Geisterhaus zu sitzen, mit den ganzen Erinnerungen, die mich überfluteten und mir schier das Herz zerrissen. In diesem wunderbaren, schrecklichen, mit Erinnerungen bis unters Dach vollgestopften Haus, das bis vor kurzem noch mein Zuhause gewesen war, hatte ich das Gefühl, zu ersticken.

Kate hatte mich gewarnt, als wir am letzten Sonntag zusammen im *Ivy Market Grill* gesessen hatten, einem hübschen Restaurant in Covent Garden, vor dem eine dicke Tanne mit bunten Weihnachtskugeln stand. Wie jedes Jahr in der Adventszeit war London ein Rausch in Rot, Grün und Gold. Die kleinen Läden in Covent Garden waren wunderschön geschmückt. Überall funkelte und glitzerte es. Auch ich hatte mich für die Dekoration des Schaufensters bei Louisa Pearl noch mal so richtig ins Zeug gelegt.

Kate hatte darauf bestanden, dass ich ein ordentliches Frühstück zu mir nahm. »Komm jetzt, Emma, mir zuliebe. Eggs Benedict, die isst du doch immer so gern. Und noch Preserves mit Toast dazu.« Sie nickte mir aufmunternd zu. »Ich lade dich ein. Keine Widerrede. Das ist ja das Mindeste, was ich tun kann.«

Sie klappte die Menükarte zu und bestellte.

»Oh, und bringen Sie auch noch zwei Orangensaft – frisch gepresst«, rief sie dem Kellner hinterher.

Ich seufzte und spielte angelegentlich mit meiner Serviette herum.

»Du musst essen, Emma«, sagte Kate streng. »Nicht zu essen, ist doch auch keine Lösung. Davon wird nichts besser.«

»Ich weiß«, erwiderte ich. »Es ist ja auch nicht so, dass ich extra nichts esse. Ich vergesse es einfach nur manchmal. Mir geht gerade so viel im Kopf herum.«

In den Tagen nach der Beerdigung war Kate fast jeden Abend bei mir gewesen. Wir hatten geredet oder einfach auch nur zusammengesessen. Kate Tolley war meine älteste Freundin hier in London, und sie tat wirklich alles, um mich zu trösten und auf andere Gedanken zu bringen. Sie bestellte Pizza für uns oder ein scharfes Curry vom Inder. Sie brachte alte DVDs mit oder erzählte mir lustige Geschichten von der Kundschaft in ihrer Buchhandlung. Und oft genug fand ich in meiner Wohnung kleine Botschaften von ihr vor, nachdem sie gegangen war. »Lies mich« stand auf einem gelben Post-it, das sie auf ein Buch gepappt hatte, oder »Iss mich« auf einer Tafel Cadbury-Schokolade, oder »Schlaf schön« auf dem Spiegel im Badezimmer.

»Bist du denn inzwischen zu einer Entscheidung gekommen, was du mit dem Cottage machen willst, Emma?«, fragte sie, als der Kellner jetzt den Tee, die Eggs Benedict, eine silberne Étagère mit knusprigem Toast und verschiedenen Marmeladen vor uns hinstellte.

Ich zuckte mit den Schultern. »Nicht wirklich.«

»Nun ja, so viele Optionen gibt es doch nicht«, meinte Kate. Sie steckte sich eine Gabel von ihren Eggs Benedict in den Mund und stöhnte verzückt. »Hmm, sind die gut! Und diese Soße!« Sie kaute andächtig und kam dann wieder auf ihr Thema zurück.

»Du kannst das Haus verkaufen, vermieten oder behalten.«

Es klang so einfach, als sie es sagte, aber für mich war es eben nicht so.

»So einfach ist das nicht, Kate«, sagte ich. »Es ist immerhin mein Elternhaus, das Letzte, was mir noch von meiner Familie geblieben ist. Die Vorstellung, dass fremde Leute darin herumtrampeln, macht mich ganz krank. Es widerstrebt mir, es zu vermieten oder zu verkaufen.«

»Hmm«, machte Kate. »Dann solltest du es behalten.«

»Ich fürchte, das geht nicht.« Ich nahm mir ein kleines Stück von dem pochierten Ei und sah zu, wie das weiche Eigelb auf den Teller floss. »Ich kann nicht in London eine Wohnung zahlen und mir gleichzeitig ein Cottage in den Cotswolds leisten, wo ich allenfalls mal in den Ferien sein könnte. So viel Geld habe ich leider nicht.«

»Könntest du dir denn vorstellen, dort zu leben?«

»Ach, Kate, ich weiß es nicht. Nein, ich glaube nicht. Ich meine, was soll ich im Ernst in Snowbridge? Natürlich ist es wunderschön in den Cotswolds, aber wen kenne ich da noch? Meine Arbeit ist hier, und meine Freunde auch.«

»Dann wirst du das Haus wohl verkaufen müssen«, meinte Kate.

»Ja, darauf wird es wohl hinauslaufen«, entgegnete ich und stocherte unglücklich in meinen Eggs Benedict herum. Wie so oft in letzter Zeit überforderte mich der Gedanke an die Zukunft von Primrose Cottage. Am liebsten hätte ich das Haus einfach eine Weile so gelassen, wie es war, ohne mich entscheiden zu müssen, aber ich würde nicht ewig warten können. Und das war vielleicht auch gut so.

»Ich meine, solange Mum noch lebte, war es immer schön, dorthin zu fahren, aber jetzt? Ein Haus ist am Ende nur ein Haus, oder?«, erklärte ich, um mir selbst Mut zu machen. »Und wenn es noch so schön ist ...«

Ich merkte, wie meine Stimme zitterte, und sah Kates besorgten Blick.

»Ach, verdammt, Kate, ich bin so hin- und hergerissen. Ich weiß einfach nicht, was ich tun soll. Ich weiß nicht, was das Richtige ist.«

»Emma«, sagte Kate. Sie nahm meine Hand und sah mich an. »Leben bedeutet, sich entscheiden zu müssen. Denn wenn wir uns nicht entscheiden, gehen wir unter.«

»Ja, ich weiß«, entgegnete ich kläglich. »Ich werde mich ja auch entscheiden. Ich wünschte einfach, ich hätte mehr Zeit.« Ich faltete meine Serviette zusammen. »Aber wenn ich erst mal dort bin, sehe ich bestimmt klarer. Dann werde ich wissen, was zu tun ist.«

»Bestimmt«, sagte Kate.

Aber nach dem Frühstück hatte sie ihr Kinn in die Hände gestützt und mich nachdenklich angeschaut. »Bist du sicher, dass es eine gute Idee ist, allein ins Cottage zu fahren, Emma? An Weihnachten?«

Ich nickte entschlossen. »Ja, das ist es. Erstens habe ich meinen Urlaub bereits eingereicht und meine Vertretung ist schon organisiert. Meine Chefin war sowieso schon ziemlich ungehalten, dass ich mitten im Weihnachtsgeschäft meinen Urlaub nehmen wollte, das möchte ich nicht wieder umschmeißen. Und was soll ich auch in London? Die meisten Leute, die ich hier kenne, sind über die Feiertage sowieso weg. Alle sind bei ihren Familien … oder in die Karibik abgedüst.« Ich überlegte einen Moment, ob ein Last-Minute-Flug in die Sonne eine Alternative gewesen wäre, aber Weihnachten unter Palmen war für mich unvorstellbar. Ich wollte ja trotz allem nach Hause. »Zweitens muss ich endlich mal nach dem Rechten sehen«, fuhr ich fort. Möglicherweise war dies mein letztes Weihnachten in Snowbridge. »Und dann gibt es ja auch noch Cooper…«

»Aber der Hund kann doch auch noch ein paar Tage länger bei dieser netten Nachbarin bleiben. Dieser Mrs. … wie heißt sie noch gleich? … Brommel?«

Ich musste lächeln. »Browning«, korrigierte ich.

»Wie auch immer.« Kate schob ihren Teller zurück. »Wenn du nach Weihnachten fährst, könnte ich mitkommen, so wie es ursprünglich geplant war, und dir beim Aussortieren und Überlegen helfen.«

Kate hatte immer noch ein schlechtes Gewissen.

Die Sache war nämlich die: Eigentlich hatte meine Freundin über Weihnachten zusammen mit mir nach Snowbridge fahren wollen. Das war, bevor wir Ende November ins Royal Opera House gingen, weil Kate von ihrer opernbegeisterten Tante zwei Karten für *La Bohème* bekommen hatten.

»Die arme Tante Clare, sie hustet wie verrückt. Pech für sie, Glück für uns«, hatte Kate gesagt und mit den beiden Eintrittskarten vor meiner Nase herumgewedelt. »Du kommst natürlich mit, Emma.« Sie grinste. »Wow, dritte Reihe, Parkett, Mitte. Ich wollte immer schon mal in die Royal Opera. Das wird ein super Abend.«

Und es wurde in der Tat ein super Abend, vor allem für Kate. Denn meine pragmatische Freundin, die in einer Buchhandlung in Kensington arbeitete und mir stets versichert hatte, dass sie an so einen Unfug wie Liebe auf den ersten Blick nicht glaubte, erlebte vor meinen Augen genau das.

Die Liebe auf den ersten Blick.

Dad wäre begeistert gewesen.

Während die sterbende Mimi dem armen Rodolfo ihr eiskaltes Händchen ein letztes Mal entgegenstreckte und singend ihr trauriges Ende in den Armen des unglücklichen Studenten fand – ein Ende, das einige Zuschauer im Parkett zum Taschentuch greifen ließ –, ahnten wir noch nicht, dass das große Finale dieses Abends erst noch bevorstand. Und wie immer spielte das Wetter eine entscheidende Rolle.

Als wir in unseren Mänteln und Abendschuhen aus dem Royal Opera House hinaustraten, regnete es in Strömen, und wenn es in London in Strömen regnet, sind alle Taxen immer ganz schnell weg. Wir standen also mit nassen Füßen in der Schlange vor dem Foyer und warteten frierend eine Ewigkeit, bis endlich wieder ein Wagen vorfuhr. Ein Mann im dunkelblauen Burberry-Mantel, der schon die ganze Zeit vor uns gestanden hatte, war an der Reihe. Er schritt elegant über eine Pfütze, riss die Tür des Taxis auf und drehte sich dann plötzlich um.

»In welche Richtung müssen Sie denn?«, fragte er höflich und lächelte. Seine tiefblauen Augen blieben an Kate hängen.

Ich sagte hoffnungsvoll »Lambeth«. Doch das war ganz offenbar die falsche Antwort, denn der Herr im blauen Mantel zuckte bedauernd die Achseln.

Kate sagte nichts. Sie stand da wie verzaubert und starrte diesen Fremden an, der sie jetzt ebenfalls ansah, als ob es weder Tag noch Stunde gäbe. Und auch nicht den verdammten Regen, der weiterhin sintflutartig niederrauschte.

»Kensington«, hauchte sie schließlich.

»Da muss ich auch hin.« Er schien sichtlich erfreut. »Wollen wir uns das Taxi vielleicht teilen?«

Kate nickte entzückt, dann sah sie zu mir herüber. Immerhin.

»Kann meine Freundin auch mitkommen?«

Der Mann im blauen Mantel nickte lächelnd, ohne den Blick von Kate abzuwenden. »Natürlich.«

»Nein, nein, das wäre ja ein riesiger Umweg«, sagte ich und hob abwehrend die Hände. »Da warte ich lieber noch ein bisschen.«

»Sind Sie sicher?« Er war wirklich sehr höflich.

»Ganz sicher.« Ich trat von einem Fuß auf den anderen und lächelte. »Ich teile mir dann das nächste Taxi einfach mit jemandem, der in meine Richtung fährt.«

Kate zögerte.

Der Taxifahrer wurde ungeduldig.

»Gibt es ein Problem, Sir?«, rief er nach hinten.

»Nein, nein«, beeilte sich der Mann im blauen Mantel zu versichern und sah Kate fragend an. Und Kate sah mich fragend an.

»Nun geh schon«, flüsterte ich.

Und dann ging alles ganz schnell oder besser gesagt, wie in Zeitlupe. Oder jedenfalls kam es mir so vor.

Wie in Zeitlupe streckte der Mann im blauen Mantel, von dem ich später erfahren sollte, dass er Colin Campbell hieß, der Verleger von *Panther Press* war und eigentlich aus Edinburgh stammte, meiner blonden Freundin die Hand entgegen, um ihr in den geräumigen Fond des Taxis zu helfen. Und ich sah zu, wie Kate entschwebte.

Wie in Trance nahm sie die Hand des freundlichen Fremden und ließ sich lächelnd neben ihn auf den Sitz sinken.

Als sich die Tür hinter den beiden schloss und der Wagen im Londoner Regen verschwand, glaubte ich fast den alten Frankie-Boy *Strangers in the Night* singen zu hören.

Colin und Kate stiegen zusammen ins Taxi, und seit jenem Abend hatte er ihre Hand sozusagen nicht mehr losgelassen.

»Es ist einfach unglaublich«, versicherte mir Kate später. »So etwas ist mir echt noch nie passiert. Als ich diesen Mann sah, wusste ich sofort, dass er der Richtige ist.« Sie lächelte versonnen, und es war nicht mehr die Rede davon, dass die Liebe auf den ersten Blick eine Erfindung romantischer Dichtkunst war. »Ich glaube, wir sind Seelenverwandte.«

»Also wirklich, Kate«, sagte ich. »Du solltest dich mal hören.«

»Aber es ist so«, erklärte sie träumerisch. »Wir fuhren mit dem Taxi durch den Regen und hielten uns an den Händen, und ich hätte einfach immer so weiterfahren können …«

»Das wäre eine teure Rechnung geworden.«

»Ja, das wäre es wohl.« Sie lachte leise und sah mich glücklich an. »Und ist es nicht total verrückt, dass er ausgerechnet der Verleger von *Panther Press* ist – meinem Lieblingsverlag?«

Ich nickte. Die ganze Geschichte war irgendwie verrückt und wäre ich nicht selbst dabei gewesen, hätte ich sie vielleicht nicht geglaubt.

Kate war bis über beide Ohren verliebt, und Colin Campbell war es wohl gleichermaßen, und als er meine Freundin bat, über Weihnachten mit ihm nach Edinburgh zu kommen, weil er sie seinen Eltern vorstellen wollte, war ich einigermaßen sprachlos. Das Tempo, dass die beiden an den Tag legten, war wirklich rasant.

Aber wollte ich ihrem Glück im Wege stehen? Natürlich nicht.

»Natürlich fährst du nach Edinburgh«, sagte ich tapfer.

»Ich will dich aber nicht hängen lassen«, meinte Kate zweifelnd. »Ich habe Colin schon gesagt, dass ich leider nicht mitkommen kann, weil ich über Weihnachten mit meiner besten Freundin in Snowbridge bin.«

»Bist du verrückt?«, entgegnete ich. »Das kommt überhaupt nicht in die Tüte. Du hast gerade den Mann deines Lebens kennengelernt. Da ist es doch wohl klar, dass ihr zusammen Weihnachten feiern wollt. Und wenn Colin dich seinen Eltern vorstellen will, das ist doch wunderbar, Kate. Ich freue mich für dich … wirklich.«

»Aber was ist mit dir?«

»Ich bin kein Kind mehr, Kate. Ich komme schon zurecht.«

In diesem Moment hatte ich es wohl selbst geglaubt, aber als ich jetzt mutterseelenallein durch den Park von Snowbridge stapfte, hätte ich wer weiß was darum gegeben, wenn Kate bei mir gewesen wäre. Natürlich war ich kein Kind mehr. Wenn beide Eltern tot waren, war man zwangsläufig kein Kind mehr. Ob das aber auch bedeutete, dass man jede Situation erwachsen und souverän meisterte, war die andere Frage.

Ich gestehe, dass mich eine leise Panik beschlich bei der Vorstellung, am 24. Dezember einen einsamen Strumpf am Kamin aufzuhängen, den ich auch noch selbst befüllen musste, irgendwelche bunten Kugeln aus den Kartons hervorzukramen und das Haus zu schmücken und am Weihnachtstag dann allein in Primrose Cottage zu sitzen, um bei einer Flasche Gin (der Portwein würde wohl nicht ausreichen) und einem Stück Tiefkühlpizza alte Fotoalben durchzublättern.

Die anderen Optionen waren auch nicht viel verlockender. Die Aussicht, bei den netten Brownings zu sitzen und mir deren glückliches Familienleben mit Kindern und Enkelkindern anzuschauen, während ich unentwegt an Mum dachte und mit meinem Schicksal haderte, war ebenso furchtbar wie Plumpudding mit den schrägen alten Ladies, die auch schon mit einem Bein im Grab standen. Und an Silvester mochte ich erst gar nicht denken.

Unter den falschen Vorzeichen hatten gewisse Daten im Kalender etwas Beängstigendes, und man war einfach nur froh, wenn man sie irgendwie überstand.

Kate hatte recht gehabt. Es war eine Schnapsidee gewesen, allein hierherzufahren. An einen Ort mit so vielen Erinnerungen zurückzukommen, war schwer. Es tat weh. Es war alles noch viel zu frisch. Und dann Weihnachten! Was hatte ich mir eigentlich gedacht?

Seit ich gestern nach Hause gekommen war, hatte ich eines begriffen: Es ging darum, Abschied zu nehmen. Nicht nur von Mum, sondern auch vom Zuhause meiner Kindheit. Von Primrose Cottage.

Ich rief nach Cooper, der aus einem Busch hervorgeschossen kam, und überquerte die kleine Steinbrücke, die über den Bach führte, um auf die andere Seite des Parks zu gelangen und den Heimweg anzutreten. Der Himmel hatte sich zusammengezogen, und die Sonne war verschwunden. Als ich auf die große Eiche zusteuerte, lag ein diffuses Licht über dem verschneiten Park, das alles ganz unwirklich erscheinen ließ. Wie in einem Traum, wenn man verloren durch den Nebel stolpert und nach etwas sucht, das man nicht finden kann.

Cooper hatte ein Eichhörnchen erspäht und jagte hinter ihm her. Das rotbraune Tierchen sauste wie der Blitz am Stamm der alten Eiche hoch und verschwand im Geäst. Enttäuscht blieb Cooper stehen. Dann stemmte er die Vorderpfoten gegen den Baum und bellte aufgeregt.

»Na, komm schon, Cooper«, sagte ich und trat näher. »Das Eichhörnchen erwischst du sowieso nicht mehr.«

Im Nachhinein denke ich, dass ich alles, was dann passierte, Cooper zu verdanken habe. Denn wäre der Hund meiner Mutter nicht so hartnäckig stehen geblieben, hätte ich den Aushang vielleicht gar nicht bemerkt, den jemand am Stamm der alten Eiche befestigt hatte.

So aber sah ich ihn, und mir stockte für einen Moment das Herz.

BONNIE, BITTE KOMM ZURÜCK!

Der Satz stand da, in großen Lettern, wie ein Hilfeschrei, und es war, als hätte jemand das Echo meiner Seele an den Baum genagelt. Mit klopfendem Herzen trat ich näher, um den ganzen Text zu lesen.

So lange hab ich dich gehabt, du warst immer für mich da, und nun hab ich dich verloren und vermisse dich so!

Hat jemand vielleicht am Abend des 13. Dezember irgendwo im Park meine Bonnie gesehen? Sie vielleicht mit nach Hause genommen, damit sie nicht friert und nicht allein sein muss?

Wenn ja, dann bringt sie mir schnell zurück. An einer Belohnung soll es nicht scheitern, ich will Bonnie nur einfach wieder in die Arme nehmen.

Das wäre mein schönstes Weihnachtsgeschenk.

Lilli

Darunter eine Telefonnummer und das Foto eines rosafarbenen Stoffhasen, der schon recht abgeliebt aussah.

Der Zettel, der in einer Klarsichthülle steckte, hing also offenbar schon ein paar Tage hier. Gerührt blieb ich eine Weile stehen. Dann ging ich weiter und ertappte mich dabei, wie ich auf der Wiese und in den Büschen unwillkürlich nach einem rosa Kuscheltier Ausschau hielt, das von einem kleinen Mädchen so schmerzlich vermisst wurde.

Als ich den Park verließ, hoffte ich, dass zumindest Lilli ihre geliebte Bonnie bald wieder in die Arme schließen konnte.

4

Das Wetter wurde schlechter. In den folgenden Tagen rauschte ein ungemütlicher Eisregen vom Himmel, und ich war froh, dass ich meine Einkäufe gleich montags früh gemacht hatte und auch schon an Mums Grab gewesen war.

Der Friedhof von Snowbridge lag nicht weit vom Ortskern entfernt, in der Nähe der alten Pfarrkirche, doch wie fast alle Friedhöfe dieser Welt war er eine Oase der Ruhe mit seinen hohen Bäumen und den roten Kieswegen, an denen still die Gräber lagen. Eigentlich wollte ich nur mal nach dem Rechten sehen, aber als ich dann allein unter der großen Kastanie stand, die inzwischen all ihre Blätter verloren hatte, und auf das Grab starrte, von dem schon längst all die Gestecke und Kränze weggeräumt worden waren, brach ich in Tränen aus.

Alles, was Mum einmal ausgemacht hatte, lag nun hier in diesem kleinen Stück Erde. Dass Menschen aus Fleisch und Blut einfach so verschwinden konnten, war immer noch der größte Trick des Universums. Ob irgendetwas von den ganzen Gedanken und Gefühlen eines menschlichen Wesens übrigblieb? Ich wünschte es mir so sehr. Es musste einfach so sein.

Cooper schmiegte sich an mich und winselte leise, während ich mir immer wieder die Tränen von den Wangen wischte und mich allmählich wieder fasste.

Eine Weile betrachtete ich das helle Holzkreuz, an dem auf einem kleinen Messingschild der Name meiner Mutter stand. Es wirkte so provisorisch, dieses kleine freundliche Kreuz, sein Anblick tröstete mich ein wenig. Noch war Mums Tod provisorisch, noch war ihr Name nicht in Stein gemeißelt, aber irgendwann bald würde ich den Steinmetz beauftragen müssen, unter den Namen von Dad, der bereits auf dem Findling stand, auch den Namen meiner Mutter zu setzen.

Ich beugte mich vor und zupfte ein paar welke Blüten von den Stiefmütterchen, die in einer Schale auf dem Grab standen.

Dann trat ich einen Schritt zurück und verschränkte die Hände vor der Brust.

»Mach's gut, Mum«, sagte ich leise. »Zu Hause ist alles in Ordnung. Cooper und ich gehen jetzt einkaufen.«

Als ich den Friedhof verließ, schien die Sonne. Den schwierigsten Part des Tages hatte ich hinter mir. Ich atmete tief durch. Ein bisschen Ablenkung würde mir guttun.

In der High Street, die von der alten Pfarrkirche bis zum Rathaus führte, hatte sich nicht viel verändert.

Ich war ewig nicht mehr hier einkaufen gewesen. Es gab immer noch den Optiker, den Supermarkt, den hübschen kleinen Buchladen, von dem Kate sicherlich entzückt gewesen wäre, die Bäckerei, das *Duck and Fish*, wo man sowohl Fleisch als auch Fisch bekam, ein paar Cafés und Restaurants, den Schreibwarenladen, *Sarah's Tea Room*, in dessen Fenster immer noch der alte Samowar stand, zwei Modeboutiquen und die Eisdiele, in der im Winter Teppiche verkauft wurden.

Auf dem Platz vor dem Rathaus fand gerade der Wochenmarkt statt, und es gab immer noch das alte Programmkino und das *Rose & Crown*, wo wir als Jugendliche abends abgehangen und Ale getrunken hatten. Nur den kleinen Wollladen neben dem *Bluebells and Daisies*, in dem auch zu dieser Jahreszeit frische Blumen und hübsche Türkränze mit roten Schleifen angeboten wurden, gab es nicht mehr.

Kein Wunder, wer strickte heute noch Schals und Pullover? Die Fassade des früheren Wolllädchens war frisch gestrichen, und die Rahmen der beiden Schaufenster glänzten in einem dunklen Türkis. Ein ovales Schild mit der Aufschrift *Deli Gourmet* ließ vermuten, dass hier vor kurzem ein Feinkostgeschäft eingezogen war. In der Auslage fand sich ein kunterbuntes Chaos von französischen Weinen, Gin-Flaschen, hochwertigen Limonaden und feinen Schokoladen, Galettes aus der Normandie ebenso wie die rotkarierten Packungen der klassischen Shortbread Fingers, Gänseleberpastete in goldenen Dosen, Marmeladen in hübschen Gläsern, Pies mit unterschiedlicher Füllung, Dijon-Senf, weißem Nougat mit kandierten Früchten, karamellbraunen Fudge-Würfeln und Lavendelhonig aus der Provence.

Wer immer diese Schaufenster gestaltet hatte, er hatte keine Ahnung von Dekoration.

Neugierig betrat ich den Laden, der noch dieselben schwarz-weißen Bodenfliesen hatte wie früher das Wollgeschäft und mindestens ebenso vollgestopft war wie früher. An der Rückwand standen Brotkörbe mit Baguettes und Croissants im Regal, aber auch Toastbrot, Rolls und Scones waren zu haben. Ein Vintage-Plakat vom Cap d'Antibes hing neben der Tür. Hinter der Glastheke, die mit einer beeindruckenden Auswahl an französischen Weichkäsen, aber auch Parmesan, Stilton und Cheddar gefüllt war und ebenso verschiedene Schinken, Salamis und gefüllte Pies anzubieten hatte, stand eine mürrische Alte mit lilafarbenen Löckchen, die offenbar die Besitzerin war und alles daransetzte, ihre Kunden zu vergraulen.

Und davon gab es zu meinem Erstaunen reichlich. In dem kleinen Geschäft drängten sich immerhin sieben Leute, die geduldig darauf warteten, bis sie an der Reihe waren. Auch wenn man den Engländern nachsagt, dass sie liebend gern Schlange stehen, hätte es doch wohl keiner so lange im Laden ausgehalten, wenn die Qualität der Feinkostwaren nicht exzellent gewesen wäre. Denn fast bei jeder Bestellung zog die Alte ein Gesicht, als ob man sie persönlich beleidigt hätte. »Comté?«, fragte sie und tippte sich an die Stirn. »Explorateur? Wer braucht denn so etwas?«

Ganz offensichtlich war sie den französischen Delikatessen nicht so zugetan, wie man es hätte erwarten können. Oder sie bediente einfach nicht gern. Jedenfalls ließ sie sich unendlich Zeit, schnitt seufzend den gewünschten Käse ab und schob den Bayonner Schinken in Zeitlupe an der Schneidemaschine entlang. Dann wickelte sie die Ware umständlich in Papier und ließ sich auch nicht aus der Ruhe bringen, als einer der Kunden auf die Uhr sah und sich leise beschwerte.

»Hier geht alles schön der Reihe nach, wir sind auf der Arbeit, nicht auf der Flucht«, giftete die Alte. »Und wem das nicht passt, der kann gerne gehen.« Ihre Ohren funktionierten offenbar noch tadellos.

»Wer ist der Nächste?«, blaffte sie dann, und eine Dame mit Hütchen, die sich an der Reihe glaubte, hob den Finger wie eine eifrige Schülerin.

»Also, ich hätte gern ein Stück von dem …«, begann sie gleich.

»Mo-ment!« Die Alte kniff die Augen zusammen und wischte sich ihre Hände an der Schürze ab. »Sie müssen sich schon gedulden, bis Sie dran sind, Gnädigste.«

»Aber ich …«, empörte sich die Dame.

»Nein, nein, der Herr hier war vor Ihnen«, entschied die Alte kopfschüttelnd und wandte sich einem jungen Mann mit kariertem Wollschal zu, der ihr offenbar besser gefiel.

Das Ganze war dermaßen kurios, dass ich auch noch im Laden blieb, nachdem ich mir all die Delikatessen angesehen hatte, die auf abenteuerliche Weise in den Wandregalen zu beiden Seiten der Tür gestapelt waren.

Ich beschloss, etwas Käse und Wein zu kaufen. Als ich endlich an der Reihe war, fragte ich nach einem Coq de France und einem Baguette, was mir einen bösen Blick einbrachte. »Den *Camembert*? Sind Sie sicher?«, fragte die Dame und ihre lila Löckchen wippten ungehalten. Kopfschüttelnd murmelte sie etwas über stinkende matschige französische Käse und fischte eine runde Spanschachtel aus der Theke. Dann griff sie in den Brotkorb und knallte mir das Baguette auf die Theke. Vermutlich hätte ich besser nach dem Toastbrot verlangt. Ich stellte noch eine Flasche Pinot Noir dazu, die ich mir selbst aus einem der Regale geholt hatte, und die Alte verdrehte genervt die Augen. »Sie sind wohl nicht von hier, was?«, blaffte sie mich an.

»Oh doch«, entgegnete ich aufsässig. »Ich bin sogar in Snowbridge aufgewachsen, stellen Sie sich vor.«

»Ach ja?«, entgegnete sie und musterte mich einen Moment misstrauisch. »Ich hab Sie hier noch nie gesehen.« Es klang wie ein Vorwurf.

Ich lächelte. »Das mag sein. Ich lebe schon seit längerem in London.«

Sie schnaufte. »In London also«, wiederholte sie. »Na, das erklärt alles.«

»Wie bitte?!« Die Alte hatte wirklich einen gepflegten Knall.

»Hier trinken wir Bier und nicht dieses Schickimicki-Franzosenzeug.«

Mir lag schon die Bemerkung auf der Zunge, warum ihr halber Laden mit französischen Produkten bestückt sei, aber dann beschloss ich die Diskussion abzukürzen und verlangte nach einer der kleinen Lamm-Pies, die in der Theke lagen.

Offenbar die richtige Entscheidung, denn die zänkische Alte wurde für einen Moment freundlicher.

»Die hat mein Enkel gemacht«, erklärte sie und sah mich lauernd an. »Die ist ausgezeichnet.«

»Das bezweifle ich keinen Moment«, beeilte ich mich zu versichern und schnappte mir meine Tüte, während der nächste Kunde sein Glück versuchte. Und in der Tat schmeckte die Lamm-Pie großartig, als ich sie abends im Ofen aufwärmte und ein Glas Rotwein dazu trank. Vielleicht, weil sie wirklich großartig war, vielleicht aber auch, weil ich in den letzten vierundzwanzig Stunden kaum etwas gegessen hatte.

Als ich gerade mit dem Essen fertig war, rief Kate an. Sie wollte hören, wie es mir ginge, und ich erzählte ihr von Mrs. Brownings Suppe, vom Frühstück mit der alten Miss Violet und von meinem Spaziergang durch den Park.

»Alle sind nett zu mir, aber es ist schon ein bisschen gruselig, hier allein im Haus zu sein«, sagte ich. »Immer wenn ich ein Geräusch höre, denke ich unwillkürlich, dass Mum gleich ins Zimmer kommt. Doch dann ist es nur Cooper. Und gestern bin ich durch den Park gegangen und sehe einen Aushang, auf dem steht: *Bonnie, bitte komm zurück!* Ich hab das sofort auf mich bezogen, dabei ging es nur um einen rosa Stoffhasen. Ist das nicht verrückt?«

»Ja«, sagte Kate. »Das Leben spielt einem manchmal seltsame Streiche. Und was machst du so den ganzen Tag?«

»Na ja, bei diesem Wetter kann man nicht sehr viel machen«, meinte ich zögernd. »Aber ich habe angefangen, die Schränke durchzusehen, ein paar Sachen in Kartons verpackt und auch schon mal einen Makler in Stroud herausgesucht. Da fahre ich gleich Anfang Januar hin.«

Nichts davon stimmte.

In Wahrheit war ich die meiste Zeit wie gelähmt und konnte mich zu nichts aufraffen, aber ich wollte meine Freundin nicht beunruhigen. »Stell dir vor, ich habe sogar schon zwei Weihnachtseinladungen«, erklärte ich munter. »Aber ich bleibe lieber hier und mache es mir mit Cooper gemütlich.«

»Aha«, sagte Kate, und ich hörte den Zweifel in ihrer Stimme. »Und was machst du gerade? Hast du schon etwas zu Abend gegessen?«

»Aber ja, ich habe mir heute im Ort eine köstliche Lamm-Pie gekauft und den Kamin im Wohnzimmer angemacht.« Zumindest das war nicht gelogen. Das Feuer im Kamin flackerte tröstlich. »Es ist alles in Ordnung, Kate. Ich komme gut zurecht, wirklich.«

Zum Glück gab es Cooper. Er ließ es nicht zu, dass ich den ganzen Tag auf dem Sofa lag und in das trübe Wetter starrte. Also nahm ich seufzend den Schirm und ging mit ihm nach draußen, auch wenn sich unsere Spaziergänge eher auf ein kurzes Gassigehen einmal die Primrose Lane rauf und runter beschränkten. Alle Häuser waren mit Lichterketten und Türkränzen geschmückt. Nur in Primrose Cottage hatte die weihnachtliche Vorfreude keinen Einzug gehalten, und das kleine rosafarbene Haus stand verwaist und dunkel unter den drei Rotbuchen.

Bisher hatte ich mich einfach nicht aufraffen können, in den Keller zu gehen und den Weihnachtsschmuck herauszusuchen. Ich, die Meisterin der Dekoration! Einmal traf ich Mr. Browning vor seiner Garage. Er brachte gerade den Müll in die Tonne, winkte mir zu und meinte, ich solle mich mal blicken lassen.

»Mach ich«, versprach ich.

»Und wenn du Hilfe brauchst, sag Bescheid!«

»Klar«, sagte ich.

Am nächsten Tag sah ich die alte Violet Hetherford. Sie kam aus ihrem kleinen Hexenhaus gewackelt, sobald sie mich mit Cooper vom Küchenfenster aus erspäht hatte, und nötigte mich, auf einen Tee hereinzukommen.

»Wie geht's denn, Kindchen«, fragte sie, als ich meinen feuchten Mantel abgelegt hatte und ihr ins Wohnzimmer gefolgt war. Wir setzten uns an ein Tischchen im Erker, wo wundersamerweise schon für eine Teestunde eingedeckt war. »Alles klar in Primrose Cottage?«

»Man kämpft sich so durch«, entgegnete ich.

»Wohl wahr.« Ein wissendes Lächeln zuckte um ihren Mund, als sie mir den Tee einschenkte. »Und soll ich dir ein Geheimnis verraten, Liebes? Wenn du erst mal die achtzig überschritten hast, ist das immer so. Mit dem Durchkämpfen, meine ich.« Sie knabberte an einem ihrer selbstgebackenen Scones und sah mich aus ihren großen Augen bedeutungsvoll an. »Deshalb musst du jeden Tag, an dem dich nichts zwickt und zwackt, genießen. Du musst rausgehen, unter Menschen gehen, was Schönes machen, solange du das noch ohne Krückstock schaffst. Bist du schon im Ort gewesen?«

Ich nickte. »Bin ich. Und ich hatte eine total skurrile Begegnung mit der Besitzerin dieses neuen Feinkostladens – einer mürrischen alten Dame mit lilafarbenem Haar, die mich fast beschimpfte, weil ich einen Camembert kaufen wollte …«

»Oh, du hast *Harriet* kennengelernt!«, fiel Violet mir ins Wort und klatschte entzückt in die Hände. »Wie schön! Sie ist eine alte Freundin von mir, musst du wissen. Eine reizende Person.«

»Ach … ja?« Ich war mir nicht sicher, ob wir von derselben Frau sprachen. »Zu ihren Kunden ist sie nicht ganz so reizend«, erwiderte ich verblüfft.

»Nein, nein, das täuscht«, meinte Violet und wippte vergnügt in ihrem Sesselchen vor und zurück. »Harriet ist nur stinksauer, weil ihr Enkel diese Idee mit den französischen Spezialitäten hatte. Das *Deli Gourmet* gehört ihm, Harriet hilft nur manchmal im Laden aus. Aber sie hasst eben alles, was aus Frankreich kommt. Da kann sie sehr stur sein.« Violet sah mich verschwörerisch über ihre blaue Spode-Tasse hinweg an. »Ihr Mann Winston ist damals mit einer Französin abgerauscht und hat sie und ihre kleine Tochter sitzenlassen. Das war natürlich nicht gerade die feine englische Art und ziemlich bitter für die arme Harriet. Ein Drama! Und als ihr Lieblingsenkel dann nach der Schule auch noch für ein paar Jahre nach Frankreich gegangen ist, um seinen Großvater kennenzulernen, fühlte sie sich komplett verraten.«

Violet stellte ihre Tasse ab. »Aber ansonsten ist sie wirklich ganz reizend«, sagte sie noch einmal mit Nachdruck. »Und sie spielt ausgezeichnet Bridge. Sie kommt übrigens auch an Weihnachten zu mir. Wenn du sie erst mal ein bisschen besser kennst, werdet ihr euch sicher glänzend verstehen.«

Da war ich mir nicht so sicher, aber die Gefahr bestand ja auch nicht. Unter keinen Umständen würde ich zu Violets weihnachtlichem Damenkränzchen ins Hexenhaus kommen.

Als wir uns wenig später verabschiedeten, hatte es zu regnen aufgehört. Cooper erkannte seine Chance und lief zielstrebig voraus Richtung Park. Ich folgte ihm, während ich darüber nachdachte, dass der kleine Kosmos von Snowbridge doch so einige Überraschungen zu bieten hatte. Eifersuchtsdramen und französische Feinkostgeschäfte. Doch die größte Überraschung sollte noch kommen. Denn als ich kurze Zeit später durch den Park spazierte, der nicht mehr so hübsch verschneit war wie am ersten Tag, schoss Cooper plötzlich aus einem der Büsche hervor und hielt etwas in der Schnauze, das er mir stolz vor die Füße legte.

Doch diesmal war es kein Stöckchen.

Es war ein rosa Stoffhase.

Ich bückte mich, hob das nasse, mit Erde verschmierte Bündel auf und sah es gerührt an.

Cooper hatte Bonnie gefunden.

Mit eiligen Schritten marschierte ich über die Wiese. Der Schnee war weggetaut, und meine Stiefel sanken immer wieder in dem weichen matschigen Erdreich ein, doch das war mir egal. Ich hatte eine Mission, und mit einem Mal konnte es mir nicht schnell genug gehen. Cooper lief mit munteren Sprüngen bellend neben mir her und wartete darauf, dass sein neues Spielzeug zum Einsatz kam. Immer wieder schnappte er nach der Beute, die in seinen Augen ihm gehörte.

»Nein, Cooper!« Ich schüttelte lachend den Kopf und malte mir schon die glänzenden Augen des kleinen Mädchens aus, wenn ich ihm den Stoffhasen übergab – »das wäre mein schönstes Geschenk« hatte Lilli geschrieben.

Doch als ich schließlich atemlos an der großen Eiche ankam, auf deren Ästen Tausende Tautropfen in der Sonne glitzerten, blieb ich enttäuscht stehen.

Der Aushang hing nicht mehr am Baum.

Eine Weile suchte ich noch in der Nähe der Eiche nach dem Zettel in der Hoffnung, ihn vielleicht unter einem der Büsche zu finden. Der anhaltende Regen hatte das Blatt sicher irgendwann vom Baum gelöst, und der Wind hatte es weggeweht. Cooper suchte mit, auch wenn er gar nicht wusste, wonach. Ich kroch durch das Gestrüpp, schaute unter der verwitterten Bank nach und warf vorsichtshalber noch einen Blick in einen dunkelgrünen Abfallbehälter, den ich ein paar Meter weiter am Wegesrand entdeckte. Doch der Zettel blieb verschwunden.

»So ein Mist«, murmelte ich enttäuscht und setzte mich einen Moment auf die Bank. »Und was machen wir jetzt?«

Cooper legte den Kopf schief und sah mich fragend an. Er wusste es auch nicht.

Ich hielt den Stoffhasen vor mich hin und ließ den Kopf mit den Schlappohren nachdenklich vor und zurückschlenkern.

»Na, kleine Bonnie?«, fragte ich. »Wie bekommen wir dich denn jetzt wieder nach Hause?«

Und dann hatte ich eine Idee. Ich war mir nicht sicher, ob sie funktionieren würde, aber einen Versuch war es wert.

Zwei Stunden später stand ich wieder vor der alten Eiche und befestigte einen neuen Zettel am Baumstamm.

BONNIE IST ZURÜCK!

Liebe Lilli, ich habe deinen rosa Stoffhasen gefunden! Er sagt, er hat dich schon sehr vermisst.

Leider war dein Zettel nicht mehr am Baum, deswegen konnte ich dich nicht anrufen. Aber ich hoffe, dass du meine Nachricht siehst.

Melde dich gerne bei mir!

Emma

Darunter hatte ich meine Handynummer geschrieben.

Zufrieden trat ich zurück und betrachtete mein Werk. Der Zettel leuchtete hell am Eichenstamm und war gut zu erkennen.

Nun musste die kleine Lilli die Nachricht nur noch finden.

Ihr rosa Hase, der in einer lauwarmen Lauge behutsam von mir gewaschen worden war, saß schon friedlich trocknend auf einem Heizkörper im Cottage und wartete.

Als ich den Park an diesem Nachmittag verließ, dämmerte es bereits, doch ich war von einem Gefühl der Zuversicht erfüllt, wie man es wohl immer hat, wenn man glaubt, etwas Gutes und Richtiges getan zu haben. Ich hoffte, dass bald jemand anrufen würde. Ich wünschte mir, dass Lilli ihren geliebten Hasen wiederbekam.

Was ich nicht wissen konnte, war, dass ich mit meinem kleinen Brief eine Kette von Ereignissen in Gang setzte, die am Ende zu etwas nahezu Magischem führen sollten.

5

An diesem Abend kam kein Anruf mehr. Und auch nicht am Tag darauf. Ich schaute immer wieder auf mein Handy und trug es die ganze Zeit mit mir herum, aber niemand, der einen rosa Stoffhasen vermisste, rief an.

Als ich am nächsten Morgen meinen täglichen Spaziergang mit Cooper machte, vergewisserte ich mich, dass der Zettel noch an der Eiche hing. Anschließend bummelte ich noch ein wenig durch das weihnachtlich geschmückte Städtchen, kaufte mir an einer Bude am Marktplatz eine Tüte Fish and Chips und ertappte mich dabei, wie ich anfing, nach kleinen Mädchen Ausschau zu halten.

Während ich die kopfsteingepflasterten Straßen entlangging und geduldig immer wieder stehenblieb, wenn Cooper an einer Mauer oder einem Busch schnupperte, fiel mir mit einem Mal wieder ein, wie ich selbst als Kind einmal in dem großen *Tesco* in Stroud meinen Teddybären verloren hatte. Was war das für ein Drama gewesen, als ich mit Mum plötzlich ohne meinen geliebten Freddy an der Kasse stand. Wie bitterlich hatte ich geweint, und wie erleichtert war ich gewesen, als ein Verkäufer den kleinen braunen Bären mit den treuen Knopfaugen schließlich hinter einem der Regale entdeckt hatte.

Wenn man klein war, waren Kuscheltiere so wichtig. Sie waren lebendige Wesen, auch wenn sie stumm blieben. Sie hatten eine Seele, und wer konnte schon wissen, ob sie nicht doch redeten und heimlich durch das Zimmer tollten, wenn man nachts schlief? Man liebte sie heiß und innig, man vertraute ihnen alle Geheimnisse und Kümmernisse an, und sie gaben einem das Gefühl von Geborgenheit, wenn man abends allein in seinem Bett lag.

Ich fragte mich, wo mein alter Teddybär wohl hingekommen war. Ob er noch in der »Erinnerungskiste« lag, die meine Mutter mir zum achtzehnten Geburtstag geschenkt hatte, zusammen mit meiner ersten Spieluhr, einem winzigen Strampelanzug, dem ersten Milchzahn, meinem *Pu der Bär*-Buch, einem kleinen roten Album mit den jährlichen Klassenfotos meiner alten Schule, meiner geringelten *Maya the Bee*-Strumpfhose – schon damals hatte ich ein Faible für hübsche Strümpfe! – und einem der ersten Bilder, die ich jemals gemalt hatte.

»Mummy am Herd« hatte meine Mutter unter ein wildes Kugelschreibergekritzel geschrieben, in das man mit viel Fantasie und gutem Willen ein menschliches Wesen hineinsehen konnte, das mit überdimensioniertem Kopf und kleinem dreieckigem Körper auf Strichbeinchen vor einem Klotz mit

Knöpfen stand und einen Topf mit einem langen Stiel in Händen hielt, die wie eine Harke aussahen und erstaunlicherweise nur vier Finger aufwiesen.

E M M A stand in wackeligen Druckbuchstaben unter dem Bild, das ich offenbar selbst signiert hatte.

Wir hatten so gelacht, als wir das Kunstwerk damals zusammen betrachtet hatten, und Dad hatte gesagt: »Wow! Ein echter Klee.«

Ich wusste natürlich nicht, wie alt die Stoffhasenbesitzerin war, aber ich hatte doch angenommen, dass sie in Snowbridge lebte und auch öfter mit ihren Eltern in den Park kam. Die angegebene Nummer war jedenfalls eine Handynummer gewesen – das hatte ich noch in Erinnerung –, und ich vermutete mal, dass Mädchen, die mit Stofftieren spielten, in der Regel noch kein eigenes Handy besaßen. Wahrscheinlich hatten die Eltern der kleinen Lilli den Aushang an dem Baum angebracht und warteten nun auf einen Rückruf, ohne zu wissen, dass es inzwischen einen neuen Aushang gab, der ihr Mädchen sehr glücklich gemacht hätte.

Meinen Aushang.

Als ich wieder ins Cottage kam, streifte ich unschlüssig durch das Haus und wusste nicht so recht, was ich tun sollte. Ich gab Cooper etwas Futter in seinen Napf, und dann fasste ich mir ein Herz und stieg tatsächlich die Stiege zum Dachboden hoch, mit der Absicht, ein paar Kartons, die dort schon seit Jahren standen, zu durchforsten. Das war alter Krempel, der sicherlich wegkonnte. Suchend tastete ich nach dem Schalter und knipste die trübe Funzel an, die einsam von einem Holzbalken hing und wenig Licht gab. Es war staubig hier oben, und ich stieß die Dachluken auf, um frische Luft und Licht hereinzulassen. Dann öffnete ich einen Karton nach dem anderen und sortierte ein paar Anziehsachen aus, die nach Mottenkugeln rochen, alte Schuhe, uralte Decken und zerschlissene Handtücher und stopfte alles in Müllsäcke. Es fühlte sich gut an. Ermutigt öffnete ich eine große Holztruhe, die unter der Dachschräge stand, und zog unter mehreren Büchern, die dort verstaut waren, als erstes *Alice im Wunderland* heraus. Es war die alte Ausgabe mit den Zeichnungen von John Tenniel. Ich schlug sie auf und blätterte in den Seiten herum. Und sofort erinnerte ich mich, wie Mum mir das Buch als Kind vorgelesen hatte, jeden Abend ein Kapitel. Ich hatte ihr vollkommen fasziniert, aber auch mit einem leichten Unbehagen zugehört. Alle Gestalten, denen Alice begegnete, waren mir etwas unheimlich in ihrem skurrilen Gebaren – die grinsende Katze, die im Baum saß und – wann immer sie es wollte – Stück für Stück verschwand, das weiße Kaninchen, dass es stets so eilig hatte, ganz zu schweigen von der schrecklichen Herz-Königin, die eigentlich eine

Spielkarte war und ihre Untergebenen immer alle gleich köpfen lassen wollte. Trotzdem war es ein Buch, das ich behalten wollte. Ich legte es zur Seite und schaute weiter.

Unter dem Bücherstapel fand ich meine »Erinnerungskiste«. Und in ihr auch meinen alten Teddybären. Freddy roch schon etwas modrig, trotzdem drückte ich ihn für einen Moment liebevoll an mein Herz. Und obwohl ich mittlerweile erwachsen war, fühlte es sich immer noch tröstlich an. Stück für Stück nahm ich all die kleinen Dinge in die Hand, die Mum für mich aufbewahrt hatte und die für mich einmal von besonderer Bedeutung gewesen waren. Eine Weile verlor ich mich in meiner sentimentalen Reise in die Vergangenheit. Dann schloss ich den Karton, der mit einem altmodischen Blumenmuster bedruckt war. Die Erinnerungskiste würde ich niemals wegwerfen, beschloss ich. Und wenn ich selbst einmal Kinder hätte, würde ich ihnen zum achtzehnten Geburtstag auch so eine Kiste schenken.

Ganz unten in der Truhe lag noch eine kleine Schachtel, die ich fast übersehen hätte. Sie enthielt ebenfalls eine Erinnerung, auch wenn es die Erinnerung an etwas war, das niemals Wirklichkeit geworden war. Zärtlich strich ich über die himmelblauen Babyschühchen, die in Seidenpapier eingeschlagen waren.

Drei Jahre nach meiner Geburt war meine Mutter noch einmal schwanger geworden. »Du bekommst bald ein Brüderchen, Emma, wie findest du das?«, hatte sie glücklich verkündet. Ich durfte an ihrem Bauch horchen, und die Aussicht auf ein Baby, das ich wie eine Puppe im Kinderwagen herumfahren konnte, entzückte mich. Doch dann hatte Mum das Kind verloren. Sie war schon im siebten Monat und wäre fast selbst gestorben. Die Ärzte hatten ihr geraten, keine weiteren Kinder mehr zu bekommen.

Arme Mum! Behutsam legte ich die kleinen Häkelschühchen wieder zurück. Es wäre wunderbar gewesen, jetzt noch einen Bruder zu haben, der alles mit mir hätte teilen können. Wir hätten uns gegenseitig trösten, uns der vielen Momente rückversichern können, die wir in unserer Kindheit zusammen mit unseren Eltern erlebt hatten.

Weißt du noch?

Ja, natürlich, ich erinnere mich genau!

Ich hätte alles so gern mit einem Menschen geteilt, der dabei gewesen war. Dem ich nichts erklären musste. All die Erinnerungen an die schönen, lustigen und auch die schweren Momente.

Tempi passati!

Seufzend stand ich auf und entdeckte ganz hinten an der Wand den alten Weichholzschrank, der früher in meinem Kinderzimmer gestanden hatte. Ich trat heran und öffnete die Türen, die mit einem leisen

Knarren aufschwangen. Ein paar bunte Sommerkleider und spitze Schuhe, einiges davon war so alt, dass ich es nie an meiner Mutter gesehen hatte. Diese Sachen musste sie als junge Frau getragen haben. Als sie Dad kennenlernte. Im obersten Fach, hinter ein paar getupften Halstüchern, wie sie heute niemand mehr trug, ertastete ich ein Kästchen. Es enthielt Briefe, die sich meine Eltern in ihrer ersten Verliebtheit geschrieben hatten. Gerührt setzte ich mich auf den Boden und las ein bisschen darin herum, dann wurde es mir plötzlich zu viel, und ich legte die Briefe wieder zurück. Meine Kehle brannte. Mum und Dad waren so jung gewesen damals, so voller Hoffnungen und Träume, so unglaublich lebendig. Und nun gab es sie nicht mehr, sie hatten sich in Luft aufgelöst, waren zu Gespenstern geworden, und ich brauchte die Beweise ihrer Existenz. Ich brauchte sie ganz dringend.

So viele Dinge gab es in diesem Haus, die mir auf einmal unentbehrlich erschienen, und ich hätte am liebsten alles behalten, weil ich die Menschen behalten wollte. Aber das ging natürlich nicht, und am Ende würde ich mir überlegen müssen, was ich mitnahm und was ich zurückließ. Aber nicht jetzt. Nicht jetzt.

Ich stand auf und machte die Schranktür entschlossen wieder zu.

»Meine Güte, Emma, reiß dich zusammen!«, befahl ich mir. »Tausende haben das vor dir geschafft, und du wirst es auch schaffen. Du bist nicht die Erste, die ihre Eltern verloren hat, und du wirst nicht die Letzte sein.«

Ich stand etwas verloren auf dem Dachboden, das Licht fiel durch die kleinen Fenster, tausend goldene Staubpartikel tanzten durch die Luft. Und mit einem Mal sah ich mich in einem unendlichen Reigen von Lebenden und Toten, die einander die Hand reichten. Ich hatte meine Mutter verloren, meine Mutter hatte ihre Mutter verloren, und deren Mutter irgendwann ihre Mutter, und so ging es immer weiter und weiter, und die Vorstellung machte mich mit einem Mal ganz schwindelig. Es war ein bisschen so, als wenn man am Strand liegt und zu lange in den Sternenhimmel schaut.

Und genau in diesem Moment klingelte es.

Ich brauchte einen Augenblick, um zu realisieren, dass es mein Handy war, dann stürzte ich zu der Truhe, wo ich es abgelegt hatte, und stolperte prompt über einen einzelnen Schuh. Ich geriet ins Straucheln, fing mich halbwegs, stieß gegen die Truhe, und das Telefon schlidderte über das glatte Holz nach hinten wie ein Puck auf einer Eisfläche und verschwand.

Das Klingeln hörte auf.

»Oh nein, oh nein!«, murmelte ich. Das war sicher der Anruf, auf den ich die ganze Zeit gewartet hatte. Das war Lilli gewesen. Ich wusste es genau. Mit aller Kraft rückte ich die schwere Truhe ein Stück von der Dachschräge ab und tastete den Boden dahinter ab. Nichts. Wo war das verflixte Ding?

Eine Viertelstunde später fand ich es endlich. Es war in den Spalt zwischen Boden und Dachschräge gerutscht, und ich fing mir einen Splitter ein, als ich es hervorzog.

»Autsch!« Ich ließ das Handy fallen und drückte fluchend an meinem Finger herum, bis ich den Holzsplitter herausziehen konnte. Dann nahm ich das Telefon zur Hand. Glücklicherweise funktionierte es noch. Das Display leuchtete auf, und ich sah eine mir unbekannte Nummer. Jemand hatte eine Nachricht hinterlassen.

Gespannt drückte ich auf den Wiedergabeknopf und presste das Telefon an mein Ohr.

Erst hörte ich nichts. Dann kam ein Räuspern. Eine männliche Stimme.

»Hallo«, sagte jemand, der offenbar nicht gern auf Anrufbeantworter sprach. »Ich … äh … rufe an wegen dem Stoffhasen. Wir waren eben im Park und haben Ihren Aushang gesehen … und ja … wir freuen uns natürlich sehr, dass Sie Bonnie gefunden haben, vor allem natürlich Lilli. Tja. Schade, dass wir Sie jetzt nicht erreichen. Es wäre nett, wenn Sie uns zurückrufen könnten …« Er wartete einen Moment. »Also dann … bis später!«

»Du musst die Nummer sagen!«, hörte ich eine aufgeregte Kinderstimme im Hintergrund. »Sie hat doch die Nummer gar nicht.«

»Die kann sie ja auf dem Display sehen, Dummchen.«

»Aber vielleicht auch nicht«, beharrte das helle Stimmchen. »Vielleicht hat sie ein Handy, wo man die Nummer nicht sieht. Bitte gib sie ihr. Zur Sicherheit!«

»Also schön.« Der Mann seufzte lachend und wandte sich wieder an mich. »Hier noch mal *zur Sicherheit* die Nummer, unter der Sie uns Tag und Nacht erreichen können. Und ja … sonst versuche ich es später noch mal.«

Er sprach die Nummer aufs Band und verabschiedete sich.

Das war sicher Lillis Vater gewesen. Er klang sympathisch, und ich drückte sofort auf die Rückruftaste. Doch diesmal meldete sich nur eine weibliche Automatenstimme, die mir mitteilte, dass der Teilnehmer derzeit nicht zu erreichen sei, dass ich aber gerne eine Nachricht hinterlassen könne.

Ich musste lachen. Die Operation Stoffhase schien ein langwierigeres Projekt zu werden. Ich beschloss, erst einmal nach unten zu gehen und meinen Finger zu verarzten. Dann versuchte ich es noch einmal, aber ohne Erfolg. Ich hinterließ eine kurze Nachricht, und um mir die Zeit zu vertreiben, ging ich noch mal eine Runde mit Cooper. Das Handy steckte ich ein. Man konnte ja nie wissen, wann der Rückruf kam.

Draußen war es kalt und sonnig. Die frische Luft tat gut nach all dem Staub auf dem Speicher. Ich marschierte die Primrose Lane entlang und musste zugeben, dass die Spaziergänge mit Cooper mir guttaten. Ich verstand plötzlich, warum sich viele Leute einen Hund zulegten. Er gab dem Tag Struktur – abgesehen davon, dass man sehr viel Zuwendung bekam. Und wer hätte sich über einen Spaziergang mit mir so sehr gefreut wie Cooper?

Unterwegs traf ich Mrs. Browning, die gerade mit ihrem karierten Einkaufstrolley aus dem Ort kam. Sie bückte sich, um Cooper zu tätscheln, wir hielten ein kleines Schwätzchen, und dann fragte sie, ob ich später noch auf einen Tee vorbeikommen wolle.

»Ich habe Zitronenkuchen gebacken.«

»Das klingt wirklich verlockend, Mrs. Browning«, meinte ich. »Aber heute geht es leider nicht. Ich bin gerade dabei, den Speicher aufzuräumen. Unglaublich, was sich da alles angesammelt hat über die Jahre. Ich habe das Gefühl, Mum hat nie etwas weggeworfen.«

Mrs. Browning nickte unbeeindruckt. Sie war sicher jemand, der seine Schränke beherzt ausmistete. »Dann aber morgen«, beharrte sie. Sie sah, wie ich zögerte. »Nein, nein, keine Widerrede, Emma. Jetzt bist du schon fast eine Woche hier und warst immer noch nicht bei uns. Du kannst dich nicht immerzu verkriechen, Liebes. Morgen zum Tee. Harry ist auch da. Er ist gestern gekommen. Ich habe ihm erzählt, dass du da bist, und er freut sich schon, dich zu sehen.«

Ich kapitulierte. Harry war der jüngste Sohn der Brownings und etwa in meinem Alter. Wir waren in dieselbe Schule gegangen. Und was war eigentlich so furchtbar daran, bei den Brownings eine Tasse Tee zu trinken? Ich musste wirklich aufpassen, dass ich nicht zum Einsiedlerkrebs wurde.

»Ich freue mich auch, Mrs. Browning«, sagte ich. Doch am meisten freute sich wohl Cooper. Er wedelte begeistert mit dem Schwanz und drückte seine Schnauze immer wieder gegen den karierten Einkaufswagen, um daran zu schnüffeln. Dann bellte er aufgeregt und sprang so heftig daran hoch, dass der kleine Ziehwagen fast umkippte.

»Nein, Cooper, aus!«, rief ich und zog ihn an der Leine zurück. »Da ist nichts für dich drin.«

»Er riecht wohl das Fleisch. Harry hat sich heute Pfeffersteaks gewünscht«, meinte Mrs. Browning lächelnd und beugte sich hinunter, um Cooper einen zärtlichen Klaps zu geben. »Ja, mein Guter«, sagte sie. »Feiner Hund. Du bekommst morgen auch ein Leckerli.«

Erst als wir wieder nach Hause kamen und ich meinen Mantel ausgezogen hatte, sah ich, dass der Stoffhasenvater wieder angerufen hatte. Offenbar hatte ich das Klingeln überhört. Ich schüttelte lächelnd den Kopf. Diesmal hatte der Anrufer keine Nachricht hinterlassen, und ich fragte mich, wann wir endlich zueinanderfinden würden. Ich setzte den Stoffhasen auf das Sofa, legte das Handy auf den Couchtisch und beschloss, es nicht mehr aus den Augen zu lassen.

Es war schon Nachmittag, und ich hatte mir gerade in der Küche einen Tee aufgegossen, als das Handy wieder klingelte.

Und diesmal war ich rechtzeitig am Apparat.

»Hallo?«, meldete ich mich atemlos.

»Hallo?! Wir sind's ... wieder mal«, sagte der Mann. »Ich rufe noch mal an wegen Lillis Stoffhasen. Wie gut, dass wir Sie endlich erreichen. Lilli ist schon ganz ungeduldig.«

»Ja, ich hatte es zwischenzeitlich auch schon versucht.«

»Ich weiß. Wir scheinen uns andauernd zu verpassen.« Er lachte, und ich lachte auch. »Vielen Dank, dass Sie sich die Mühe gemacht haben mit dem Aushang«, sagte er dann. »Lilli ist überglücklich. Sie hängt so an diesem ollen Hasen.«

»Keine Ursache«, entgegnete ich.

»Augenblick mal«, sagte er. »Was ist denn, Lilli?«

Im Hintergrund hörte ich aufgeregtes Getuschel.

Dann war die Kleine selbst dran.

»Hier ist Lilli«, erklärte sie selbstbewusst. »Danke, dass du Bonnie gefunden hast. Wie geht es ihr?«

»Hallo Lilli, hier ist Emma«, sagte ich. »Deiner Bonnie geht es sehr gut. Sie sitzt hier neben mir auf dem Sofa und kann es kaum erwarten, dich wiederzusehen.«

»Ich kann es auch kaum erwarten«, seufzte Lilli glücklich. »Wo hast du sie denn gefunden?«

»Na ja, im Park. Sie lag unter einem Busch in einer Pfütze.«

»Oje«, sagte Lilli.

»Aber eigentlich hat Cooper deinen Hasen gefunden.«

»Wer ist Cooper?«, wollte die Kleine wissen. »Ist das dein Mann?«

»Nein, nein.« Ich lachte und war irgendwie verlegen. Kinder konnten manchmal so direkt sein. »Cooper ist … mein Hund.«

Eigentlich Mums Hund, aber nun mein Hund, fügte ich in Gedanken hinzu.

»Macht nichts«, erklärte Lilli großzügig. »Kannst du Bonnie vorbeibringen?«

»Wann? Jetzt?« Ich warf einen Blick auf die Uhr. Es war kurz nach sechs.

»Ja, bitte!«, rief Lilli. »Wir wohnen in der Abbington Lane 43. Kommst du?«

»Na klar«, seufzte ich. Ich kannte die Abbington Lane. Sie lag auf der anderen Seite des Parks. Vielleicht eine Viertelstunde zu Fuß. Das konnte ich gut mit meinem Abendspaziergang mit Cooper verbinden. »Ich bin in einer halben Stunde da.«

Lilli jubelte, und dann wurde ihr der Hörer aus der Hand genommen.

»Ist das auch wirklich okay für Sie?«, fragte der Vater, der unser kleines Gespräch offenbar mitangehört hatte. »Wir können auch gerne bei Ihnen vorbeikommen.«

»Nicht nötig«, sagte ich.

»Abbington Lane 43«, wiederholte er. »Familie Walsh.«

»Alles klar. Bis dann.«

Ich legte auf und nahm den rosa Stoffhasen vom Sofa.

»Auf geht's, Bonnie!«, sagte ich leise. »Die kleine Lilli wartet schon sehnsüchtig auf dich.«

Die Abbington Lane, eine ruhige Straße mit vornehmen Häusern, schlängelte sich an der Westseite des Parks von Snowbridge Manor entlang. Das Licht der altmodischen Straßenlaternen fiel auf gepflegte Vorgärten mit akkurat gestutzten Büschen und Hecken hinter schmiedeeisernen Zäunen. Einfahrten mit Kopfsteinpflaster, auf den Treppenstufen vor den Haustüren Töpfe mit Christrosen. In den erleuchteten Fenstern hingen bunte Sterne. Ich spazierte mit Cooper die Straße entlang und hielt nach der Nummer 43 Ausschau. Als ich schließlich vor einem weißen Haus mit efeubewachsenem Runderker stehen blieb und über den Zaun spähte, wurde schon die Haustür aufgerissen, und ein kleines Mädchen mit wehendem blondem Haar sprang die Stufen hinunter und schoss wie ein Komet auf mich zu. »Bonnie!«, schrie sie. »Bonnie! Endlich hab ich dich wieder.«

Ihr brombeerfarbener Wollpullover war verrutscht, und sie zog ihn rasch über ihre Jeans, als sie jetzt vor mir stehen blieb.

Ich reichte ihr den rosa Hasen, und sie drückte ihn selig an ihre Brust.

»Danke«, sagte sie inbrünstig. »Danke!« Sie strahlte sie mich an. Dann schlang sie plötzlich ihre Arme um mich und warf mich fast um. Gerührt streichelte ich ihr über den schmalen Kinderrücken.

Eine schlanke junge Frau in einem hellgrauen Strickkleid, die nicht viel älter sein konnte als ich selbst, lehnte im Türrahmen und sah zu uns hinunter.

»Sie müssen Emma sein«, sagte sie freundlich. Die Ähnlichkeit mit Lilli war unverkennbar. Sie hatte dieselben blauen Augen wie ihre Tochter, und das blonde Haar, das im Lichtschein schimmerte, fiel ihr weich auf die Schultern.

»Ja«, sagte ich und löste mich sanft aus Lillis Umarmung. Dann stieg ich die die drei Stufen hoch, die zum Haus führten. »Ich bin Emma … Emma Bloom.«

»Helen Walsh. Ich bin die Mutter von Lilli.« Sie schüttelte meine Hand, und ihre Perlenohrringe schaukelten. »Das ist so nett von Ihnen, dass Sie noch extra vorbeigekommen sind. Sie haben da jemanden sehr glücklich gemacht. Schauen Sie nur.«

Sie sah zu ihrer Tochter hinunter, die immer noch ganz selbstvergessen im Vorgarten stand und ihren Hasen fest an sich drückte, während Cooper neugierig an ihren kleinen Turnschuhen herumschnupperte.

»Ach, kein Ding«, sagte ich einigermaßen verlegen. »Ich wohne nicht weit weg – auf der anderen Seite des Parks. In der Primrose Lane. Ich freue mich, wenn ich helfen konnte.« Ich klang schon wie ein Pfadfinder. Jeden Tag eine gute Tat.

»Wir sind Ihnen so dankbar, dass Sie sich gemeldet haben.« Helen Walsh senkte die Stimme. »Ehrlich gesagt, hatten wir die Hoffnung schon aufgegeben, dass wir Bonnie noch mal wiedersehen. Es gab hier ein kleines Drama. Lilli hat so fürchterlich geweint. Es war wirklich herzzerreißend. Sie behauptet, dass sie ohne ihren Hasen nicht einschlafen kann. Na ja, sie ist erst vier. Mein Mann hatte ihr schon einen neuen Stoffhasen gekauft, aber Lilli hat gesagt, er riecht nicht so wie Bonnie.« Sie lächelte und strich sich eine blonde Haarsträhne hinters Ohr. »Aber nun ist Bonnie ja Gott sei Dank wieder da.«

»Ja«, sagte ich mit belegter Stimme. »Was für ein Glück.«

Ich schluckte und hätte mir gewünscht, dass sich auch die großen Dramen des Lebens so leicht in Wohlgefallen hätten auflösen können.

»Möchten Sie vielleicht noch einen Augenblick reinkommen?«, fragte Helen herzlich. »Auf einen Tee oder einen Sherry?«

»Nein, nein«, wehrte ich ab. »Ich mach mich jetzt mal besser wieder auf den Heimweg.«

»Gibt es denn irgendetwas, mit dem wir Ihnen eine Freude machen können?«, fragte Helen. »Wir sind Ihnen wirklich so dankbar, Emma.«

»Das ist schon in Ordnung«, gab ich zurück.

In diesem Moment schob sich ein Mann in den Türrahmen, der Helen fast um zwei Köpfe überragte. Er war offenbar im Begriff zu gehen, denn er trug eine gefütterte Barbourjacke und einen karierten Schal, und seine dunklen Augen ruhten einen Moment verwundert auf mir, bevor er schließlich lächelnd fragte: »Emma? Die Stoffhasenfinderin? Haben wir beide heute etwa den ganzen Tag aneinander vorbei telefoniert?« Er grinste und fuhr sich mit einer jungenhaften Geste durch das dunkle Haar.

»So sieht's aus«, erklärte ich lächelnd. Und aus irgendeinem Grund, den ich mir nicht erklären konnte, wurde ich plötzlich rot.

»Ich bin Emma Bloom. Freut mich sehr, Sie kennenzulernen.«

»Oh, die Freude ist ganz meinerseits … *Emma*«, sagte er und musterte mich aufmerksam. Bildete ich mir das ein, oder sprach er meinen Namen mit besonderer Betonung aus? Er schwieg einen Moment. »Nun, wie es aussieht, stehen wir tief in Ihrer Schuld.« Er lächelte. »Sie haben uns mit Ihrer Aktion das Weihnachtsfest gerettet, nicht wahr, Helen?«

Helen nickte mit einem komischen kleinen Seufzer.

»Was dürfen wir Ihnen als Finderlohn anbieten? Blumen? Pralinen? Wein? Vielleicht eine gute Flasche Baileys?« Er hob die dunklen Augenbrauen.

»So ein Unsinn«, stammelte ich verlegen. Sein Blick verwirrte mich. »Ich möchte gar nichts. Das ist doch selbstverständlich. Ich habe das sehr gern getan. Das fällt doch sozusagen unter … Nachbarschaftshilfe.« Jedenfalls hier in Snowbridge, fügte ich in Gedanken hinzu. Da funktionierte die Nachbarschaftshilfe noch bestens.

»Nachbarschaftshilfe … so, so.« Er schmunzelte. »Mir war gar nicht klar, dass wir so nette Nachbarn haben. Wir werden uns trotzdem etwas einfallen lassen.« Er sah auf die Uhr und legte kurz den Arm um seine Frau. »Liebes, ich muss los. Ich bin schon spät dran.« Er drückte ihr einen Kuss aufs Haar und nickte mir zu. »Man sieht sich, Emma!« Dann eilte er die Stufen hinunter, und Helen sah ihm lächelnd nach und hob die Hand.

»Bye, Dan! Und danke noch mal, dass du deinen Termin verschoben hast. Du bist ein Schatz.« Sie warf ihm eine Kusshand zu.

»Stets zu Ihren Diensten, Mylady! Ich bin hier nur der Kindergärtner.« Er winkte zurück, und als er an Lilli vorbeikam, beugte er sich zu ihr und gab ihr einen Kuss. »Und du gehörst ins Bett, junge Dame. Jetzt hast du deinen ollen Hasen ja wieder. Ab mit dir!«

Dann ging er durch das schmiedeeiserne Tor, verschwand hinter der Hecke, und wenige Sekunden später hörte man, wie ein Wagen ansprang.

Lilli war nach oben gekommen und schmiegte sich kurz an ihre Mutter, bevor sie mit ihrem Hasen im Haus verschwand.

»Sind Sie sicher, dass Sie nicht doch noch einen Moment mit hereinkommen wollen?«

»Nein, wirklich nicht. Vielleicht ein anderes Mal.«

»Das würde mich sehr freuen.« Helen gab mir die Hand. »Wir haben ja Ihre Nummer. Ich rufe Sie einfach an. Und Sie wohnen in der Primrose Lane, sagen Sie?«

»Ja. Primrose Lane 12. Das rosafarbene Cottage.«

Sie nickte, und dann sah ich, wie sie einen Moment stutzte.

»Ach, du meine Güte«, sagte sie leise und sah mich bestürzt an.

Und ich wusste schon, was als nächstes kommen würde.

»Sind Sie … Ich meine, sind Sie etwa die Tochter von Bonita Bloom?«

6

Der Park von Snowbridge Manor lag dunkel und verlassen da. Die Silhouetten der knorrigen Bäume wirkten wie Scherenschnitte aus einem alten Märchenbuch, und am Wegesrand ragten die Büsche auf wie schlafende Riesen. Der Park war nicht beleuchtet, nur an der Auffahrt zum Manor brannten ein paar Laternen. Der Mond hing groß und rund am Himmel, und sein Licht erhellte den schmalen Pfad, den ich entlanglief. Ich behielt Cooper an der Leine, und bald schon kamen wir an der großen Eiche mit der verwitterten Bank vorbei, an der immer noch mein Zettel hing.

Ich trat heran und nahm den Aushang ab. Er hatte seinen Zweck erfüllt. Ich faltete ihn zusammen und steckte ihn in meine Manteltasche. Dann setzte ich mich einen Augenblick auf die Holzbank und schaute gedankenverloren über die große Wiese, die sich wie ein stiller dunkler See bis zur anderen Seite des Parks erstreckte.

Natürlich hatte auch Helen Walsh von dem Unfall gehört. Dem einzigen tödlichen Unfall seit Jahren. Jeder hatte davon gehört, und wer es nicht gehört hatte, konnte es in der Zeitung lesen.

Solch tragische Ereignisse kamen glücklicherweise nicht oft vor in Snowbridge. Dass eine Bürgerin dieses friedlichen Städtchens in einer engen Kurve von der Landstraße abgekommen und tödlich verunglückt war, hatte hier mindestens den Stellenwert von Grace Kellys tragischem Ende auf den steilen Küstenstraßen der Corniche.

Als Helen klar wurde, wer ich war, wurde sie ganz blass.

Mit einem Mal war die ganze schöne Stimmung verflogen.

Ich stand einfach nur da, mit hängenden Schultern, und mein Schweigen sagte alles. Da hatte sie spontan ihre Hand auf meinen Arm gelegt.

»Ich weiß gar nicht, was ich sagen soll«, hatte sie gesagt. »Ich meine, ich kannte Ihre Mutter nicht sehr gut, aber ich erinnere mich, dass ich ihr ein paar Mal in der Bibliothek begegnet bin, wenn ich ein Buch ausgeliehen habe. Eine so nette Person. Und hatte immer eine Empfehlung. Sie hat doch in der Bibliothek gearbeitet, oder?«

»Ja, hat sie.« Ich lächelte traurig. »Das war meine Mum.«

»Ihre Mutter muss unglaublich beliebt gewesen sein. Vielleicht tröstet Sie das ein wenig. Ich habe damals die Unmengen von Blumen und Lichtern gesehen, die an der Kurve aufgestellt wurden, wo der Unfall passiert ist. Wirklich beeindruckend.«

Ich schluckte. Ich hatte das Meer an Blumen und Lichtern auch gesehen.

»Ach, herrje! Es tut mir so leid, Emma. Und wir quatschen Ihnen hier die Ohren voll vom tragischen Verlust eines Kuscheltiers. Entschuldigen Sie bitte!«

»Schon gut, das konnten Sie doch nicht wissen.«

»Das muss ja ganz furchtbar für Sie sein.« Helen Walsh schüttelte den Kopf. »Ich meine, hier zu sein, in Snowbridge, dem Ort, wo Sie eigentlich zu Hause sind und wo Ihre Mutter verunglückt ist. Das stelle ich mir schwierig vor.«

Ich sah sie an und fühlte mich verstanden. »Ja, das ist schon ein sehr ambivalentes Gefühl«, gestand ich. »Ich liebe dieses Städtchen und gleichzeitig hasse ich es irgendwie. Aber es wird sicher besser mit der Zeit. Ich habe den Eindruck, dass es tatsächlich schon ein bisschen besser geworden ist.« Ich nickte ein paar Mal. »Und wissen Sie was? Irgendwie hat es mir geholfen, dass ich Lillis Hasen gefunden habe. Auf diese Weise ist wenigstens eine Bonnie wieder zurückgekommen.«

»Wie … meinen Sie das?« Helen Walsh hatte mich fragend angesehen.

»Na ja, es ist so«, sagte ich, »meine Mutter wurde auch Bonnie genannt.«

Ich hatte Helen von meinem ersten Spaziergang im Park erzählt, wie ich den Aushang an der alten Eiche entdeckte und für einen Moment geglaubt hatte, er sei an mich gerichtet.

Helen hatte erstaunt gelächelt. Und dann hatte sie gemeint, dass das ein Zeichen sei.

»Ein Zeichen wofür?«, hatte ich gefragt.

»Vielleicht *wollte* Ihre Mutter, dass Sie den Aushang finden. Deswegen hat sie das Eichhörnchen geschickt. Deswegen hat Cooper den Hasen gefunden. Sie wollte, dass wir uns kennenlernen.«

Helen legte den Kopf schief und lächelte spitzbübisch. »Nein, nein, ich mache nur Spaß, aber möglich wäre es doch, oder? Am Ende hängt eben alles mit allem zusammen. Das hat schon Alexander von Humboldt gesagt.«

Ich zuckte mit den Achseln.

»Na, wenn es Alexander von Humboldt gesagt hat, dann wird es wohl stimmen.«

Wir hatten uns angeschaut und gelacht, und als wir uns wenig später voneinander verabschiedeten, hatte Helen gesagt:

»Ich finde dich sehr nett, Emma. Weißt du …«, sie zögerte einen Moment, »ich kann dir deine Mutter natürlich nicht ersetzen, aber vielleicht könnten wir Freundinnen sein?«

Ein Rascheln, das aus der alten Eiche kam, riss mich aus meinen Gedanken, und auch Cooper, der ganz friedlich zu meinen Füßen gelegen hatte, sprang auf und starrte in das Geäst. Ob er das braune Eichhörnchen wiedergesehen hatte? Ich musste lächeln. Unmerklich war die Kälte durch meinen Wollmantel gedrungen, und mit einem Mal spürte ich die Feuchtigkeit, die vom Boden aufstieg. Ich rieb einen Moment meine klammen Hände gegeneinander und streckte und schloss die Finger. Dann nahm ich Coopers Leine, und wir gingen weiter.

Vielleicht könnten wir Freundinnen sein?

War das jetzt so ein »Eine-Tür-schließt-sich-eine-andere-tut-sich-auf«-Ding?

Ich blickte in den Himmel, wo eine einsame weiße Wolke entlangtrieb. »Hallo, Mum«, flüsterte ich. »Hast *du* mir etwa Helen Walsh geschickt?«

Aber der Himmel schwieg. Wie immer.

Langsam schritt ich den Weg entlang, der sich zwischen den Büschen durchschlängelte. Ich hatte Helen Walsh sofort gemocht, wie sie da in ihrem Strickkleid in der Tür lehnte, so fein und elegant, und mir so herzlich zulächelte. Und auch ihren Mann, der mich ein bisschen an Jude Law aus seinen früheren Filmen erinnerte. Das jungenhafte Lächeln, das volle Haar. Die beiden waren wirklich ein schönes Paar. Vor allem aber waren sie ein glückliches Paar.

Dan und Helen Walsh. Helen und Dan … Daniel wahrscheinlich.

Ich seufzte sehnsüchtig. Man merkte gleich, wie gut sich die beiden verstanden. Wie selbstverständlich alles war zwischen ihnen. Und Lilli war ein bezauberndes Mädchen. Ein kleiner Wildfang mit einem großen Herzen. Wie sie mich gleich umarmt hatte, so ohne jede Scheu.

Und ihr Vater verschob seine Termine wegen ihr. Das war auch heute nicht selbstverständlich. Für Simon wäre es jedenfalls nicht selbstverständlich gewesen. Für den stand sein Job immer an erster Stelle. Helen hatte wirklich Glück mit diesem Mann, der Aushänge für seine Tochter machte und sich darum kümmerte, dass sie ihren Lieblingshasen wiederbekam. Ich hatte ihn schon am Telefon sympathisch gefunden, aber als er dann mit einem Mal vor mir stand, war ich gleichermaßen befangen und angetan. Er sah nicht nur gut aus, er hatte auch eine sehr gewinnende Art.

Immer wieder musste ich daran denken, wie er mich angesehen hatte. So verwundert. So forschend. Hatte er eine andere Vorstellung von mir gehabt? Hatte er überhaupt eine Vorstellung von mir gehabt? Sein Blick war irritierend vertraut gewesen. Diese dunklen Augen erinnerten mich an etwas. Als er mich so ansah, hätte ich schwören können, dass ich diese Augen kannte. Es war wie ein Déjà vu. Aber das war natürlich Unsinn, denn ich hatte diesen Mann heute zum ersten Mal gesehen.

Daniel Walsh war ein Fremder für mich. Ein – wie ich zugeben musste – überaus attraktiver Fremder mit einem Jude-Law-Lächeln, das mich erröten ließ. Ein Mann, der eine engelsgleiche Frau hatte, die an Zeichen glaubte und mir netterweise ihre Freundschaft anbot. Ein Mann also, den ich mir sofort aus dem Kopf schlagen musste.

Und während ich so weiterspazierte, kam es mir in den Sinn, dass meine Empfindungen in Wahrheit vielleicht gar nichts mit diesem Mann zu tun hatten. Vielleicht war ich auf eine verdrehte Weise einfach besonders empfänglich für das Glück anderer. Weil ich mich selbst so einsam fühlte. Weil ich mir inständig wünschte, dass auch ich eines Tages wieder Teil einer solch glücklichen Familie sein könnte. Einer Familie wie Mum, Dad und ich es immer gewesen waren. Aber eben meiner eigenen Familie.

Cooper zog an der Leine, er wollte nach Hause, und ich beschleunigte meine Schritte. Wenig später betrat ich die steinerne Brücke, die sich über den kleinen Bach wölbte wie über einen venezianischen Kanal.

Das Wasser schimmerte silbrig im Mondlicht, und ich hörte das Rauschen der Bäume. In diesem verzauberten Park war vielleicht alles möglich. Vielleicht geschahen hier manchmal Wunder? Hier wurden Dinge verloren und wiedergefunden. Vergangenes vermischte sich mit Zukünftigem. Alles hing mit allem zusammen, ich wusste nur noch nicht, auf welche Weise.

Als ich ins Cottage zurückkam, machte ich den Kamin an und schenkte mir ein Glas von dem Pinot Noir aus dem Delikatessenladen ein. Ich sah die CDs durch, die in einem Regal standen, und entschied mich für Henry Purcell. Dad hatte immer behauptet, Purcell sei der Shakespeare der Musik. Ich legte die CD ein, und während ich mich in das Sofa kuschelte und die Beine ausstreckte, erfüllten die beruhigenden und zugleich königlichen Klänge des Barockmusikers das Wohnzimmer. Cooper gesellte sich zu mir und rollte sich zu meinen Füßen ein.

Der Tag war aufregend gewesen, es war noch zu früh, um ins Bett zu gehen, und ich hatte eine Menge, worüber ich nachdenken konnte. Ich ließ meine Gedanken wandern, doch wohin ich sie auch schickte, sie kehrten immer wieder zu dem Mann mit den braunen Augen zurück.

Ob ich ihn noch einmal wiedersehen würde? Sicherlich, denn in Snowbridge lief man sich unweigerlich irgendwann über den Weg. Aber irgendwann würde ich nicht mehr hier sein. Nach Silvester würde ich meine Zelte hier abrechen, vermutlich für immer, ich würde nach London zurückkehren, den Verkauf von Primrose Cottage in die Hände eines Maklers legen, und am Ende würde ich zwei oder drei Mal im Jahr nach Snowbridge kommen, um nach dem Grab meiner Eltern zu sehen.

Auch wenn der beschauliche Rhythmus von Snowbridge begonnen hatte, mir zu gefallen, war das doch die Realität. In diesem Ort gab es keine Zukunft für mich.

Mit leisem Bedauern dachte ich an die Freundschaft, die Helen Walsh mir angeboten hatte. Anders als meine betagte Freundin am Ende der Primrose Lane war sie in meinem Alter, und ich konnte mir schon vorstellen, dass wir uns gut verstanden hätten. Aber was sollte ich mit einer neuen Freundin in Snowbridge? Das alles machte wenig Sinn. Ich nahm einen Schluck Wein und wackelte nachdenklich mit den Zehen, die in einem Paar himmelblauen Strümpfen mit rosafarbenen Polka-Dots steckten. Sie stammten noch aus der alten Kollektion.

Cooper sah einen Moment auf, dann bettete er seinen Kopf wieder auf meine Beine.

Ich seufzte tief. Bei Louisa Pearl wurde es auch immer ungemütlicher, und mit meiner neuen Chefin, die mir überall reinredete und von Strümpfen keine Ahnung hatte, verstand ich mich überhaupt nicht. Glücklicherweise sah ich Mrs. Bridgeman kaum, aber ich hatte das Gefühl, dass sie mich auch nicht sonderlich schätzte. Alle Besprechungen, die ich bisher mit ihr gehabt hatte, kreisten um Zahlen und Wirtschaftlichkeit, und anders als ich war sie davon überzeugt, dass ausgefallenere Modelle sich nicht rechneten. Ihre Fantasie schien bei Feinstrumpfhosen in Seidenmatt und Glänzend mit Zwickel oder ohne bereits erschöpft. Aber wenn man bei Louisa Pearl auch nichts anderes bekam als in jedem Kaufhaus, warum sollte dann überhaupt noch jemand in den kleinen Laden in Covent Garden kommen? Und wenn die Zahlen wieder nicht stimmten, würde Mrs. Bridgeman es meiner Unfähigkeit anlasten wie beim letzten Mal. Auf Dauer würde ich mir sowieso etwas anderes suchen müssen. Aber in London.

Ein trendiger Strumpfladen würde in Snowbridge ebenso wenig funktionieren wie ein Wollllädchen. Ein Stützstrumpfladen vielleicht, dachte ich schmunzelnd.

Ich stellte das halbvolle Glas ab, lehnte den Kopf auf das Kissen zurück, das ich mir untergelegt hatte, und lauschte eine Weile der Musik.

In die harmonischen Klänge Purcells mischte sich plötzlich ein Misston. Mein Telefon klingelte, und als ich es in einer Art Pawlowschem Reflex vom Couchtisch hochriss, war ich davon überzeugt, dass es der Mann sein würde, der den ganzen Tag über immer wieder versucht hatte, mich zu erreichen. Daniel Walsh.

»Ja, hallo?«, sagte ich und spürte, wie mir das Blut in die Wangen schoss.

»Hallo, Emma. Störe ich?«

Es war meine Freundin Kate.

»Nein … äh … wieso?«

»Du klingst so komisch. Was machst du gerade?«

»Nichts«, sagte ich. »Ich sitze auf dem Sofa und trinke Rotwein.«

»Oje«, meinte Kate. »Ist es schon so schlimm?« Sie lauschte einen Moment in den Hörer. »Was ist denn das für eine grauenvolle Musik im Hintergrund?«

Ich lachte. »Das ist Henry Purcell.«

»Klingt wie die Weihnachtsmesse in Westminster Abbey. Hast du eine Depression, oder was?«

Ich griff nach der Fernbedienung und stellte die Musik leiser.

»Nein, habe ich nicht. Ich entspanne mich nur ein bisschen. Ich hatte einen ziemlich aufregenden Tag.«

»Oh, das klingt spannend«, meinte Kate. »Erzähl mir mehr davon.«

»Du erinnerst dich doch noch an diesen Aushang mit Bonnie, dem rosa Stoffhasen?«

»Ja, sicher. Was soll daran so aufregend sein?« Kate lachte.

»Ich habe ihn gefunden.«

»Was? Wow! Wie *aufregend*!«, spottete Kate. »Ich sehe schon, du bist voll in Snowbridge angekommen. Du schwingst schon im Rhythmus der Kleinstadt.«

»Ja, genau«, erwiderte ich. »Ich überlege gerade, hier einen Laden für orthopädische Strümpfe aufzumachen.«

»Echt jetzt?«, fragte sie einigermaßen perplex.

»Nein. Das war ein Witz.« Ich lachte. »Obwohl – eine Abnehmerin hätte ich schon. Miss Violet, meine rüstige Freundin, würde so einen Laden sicher sehr zu schätzen wissen.«

»Es freut mich zu hören, dass es dir besser geht«, sagte Kate. »Also, erzähl mir von deinem aufregenden Tag.«

»Dann unterbrich mich nicht dauernd.«

»Ich bin ganz Ohr.«

Nachdem ich Kate von meinen Versuchen berichtet hatte, den rosa Hasen wieder seiner Besitzerin zuzuführen, dem Aushang, den ich an dem Baum befestigt hatte, dem Handy, das hinter die Truhe gefallen war, dem Splitter in meinem Finger, den Telefonaten, die hin und her gingen, und wie am Ende des Tages dann doch noch alles geklappt hatte, meinte sie, eine spannendere Geschichte hätte sie schon lange nicht mehr gehört.

»Du solltest zum MI6 gehen, Emma. Dort suchen sie findige Leute wie dich.«

»Haha«, sagte ich. »Sehr witzig.«

»Immerhin passiert mal was.«

»Wie meinst du das?«

»Ich finde es einfach gut, dass du mal in Aktion getreten bist, anstatt immer nur in Erinnerungen zu kramen.«

»Na ja, in Erinnerungen hab ich auch gekramt. Ein paar Stunden auf dem Speicher, und die ganze Vergangenheit kommt dir entgegengekrochen. Aber ich muss gestehen, das Hasenprojekt hat mich sehr gut abgelenkt. Irgendwie geht's mir schon besser.«

»Das nennt man Selbstwirksamkeit, mein Schatz.«

»Du kannst dir nicht vorstellen, wie dieses Mädchen sich gefreut hat. Und auch die Eltern. Sehr sympathische Leute. Die Mutter heißt Helen und wollte mich gleich einladen, und der Vater heißt Dan und sieht aus wie Jude Law.«

»Oh mein Gott!«, rief Kate vergnügt. »Und das sagst du erst jetzt? Jetzt verstehe ich, warum dein Tag so aufregend war. Er gefällt dir, was? Ich kenne dich.«

»Kate! Er ist glücklich verheiratet.«

»Schade. Hat er vielleicht einen Bruder?«

»Keine Ahnung«, meinte ich nachdenklich. »So gut kenne ich ihn ja nicht. Im Grunde haben wir uns auch nur ganz kurz gesehen, weil er gleich wegmusste. Eine Sache war allerdings ein bisschen merkwürdig.« Ich zögerte.

»Was war merkwürdig? Nun spann mich nicht so auf die Folter, Emma.«

»Vielleicht klingt das jetzt komisch, aber … Also, als er mich ansah, hatte ich irgendwie das Gefühl, ihn zu kennen. Dabei kenne ich ihn natürlich nicht, aber seine Augen … Er hat mich so … angeschaut.«

»Ha!«, rief Kate. »Wie bei Colin und mir. Weißt du noch? Wir haben uns angesehen, und es war, als würden wir uns schon immer kennen.«

»Wie könnte ich das je vergessen, ich stand ja schließlich dabei wie das fünfte Rad am Wagen«, entgegnete ich lächelnd. »Aber nein, so ist es nicht, Kate. Nicht wie bei eurer rasanten Taxi-Romanze.« Ich überlegte, wie ich es am besten erklären sollte. »Ich meine, kennst du das, dass einem etwas an einem Fremden irgendwie bekannt vorkommt? Eine Geste oder ein Blick? Es war eher, als hätte ich ein Déjà-vu gehabt. Aber ich komme nicht darauf, woher.«

»Tja, so was kommt vor. Dem würde ich nicht allzu viel Bedeutung beimessen, Emma. Wahrscheinlich kanntest du einfach mal jemanden, der ähnlich geguckt hat wie dieser Dan. Das kann übrigens auch eine Frau gewesen sein. Und das eine hat dich dann an das andere erinnert. So funktioniert nämlich ein Déjà-vu. Das Gehirn gaukelt dir was vor. Und manche Leute sind dann überzeugt davon, dass sie in einem anderen Leben Kleopatra gewesen sind und sich in Julius Cäsar verliebt haben.«

»Also, aus einem anderen Leben kenne ich ihn bestimmt nicht«, erklärte ich.

»Dann hast du einfach zu viele Filme mit Jude Law gesehen. Aber ich darf dich daran erinnern, dass dein Kino-Held blaue Augen hat.«

Ich lachte. »Auch wieder wahr. »Apropos – was macht denn *dein* Held mit den blauen Augen?«

»Und ich dachte schon, du würdest nie fragen.« Kate seufzte glücklich. Nun kam ihre große Stunde. »Colin und ich sind gestern in Edinburgh angekommen.«

»Und, wie ist es so?«

»Die Altstadt ist sehr romantisch, das Wetter leider scheußlich. Und ich habe schon einen Sehschaden von dem ganzen Glencheck um mich herum.«

»Ich meine doch, wie es bei Colins Eltern ist. Sind sie nett?«

»Oh ja. Sehr nett. Besonders der Vater, der hat mich sofort ins Herz geschlossen, als ich ihm erzählte, dass ich in einer Buchhandlung arbeite. Sean hat mir gleich seine Bibliothek gezeigt. Die ist riesig. Regale bis an die Decke, alle Klassiker in Dünndruckausgabe, großer Kamin, bequeme Sessel. Da werde ich mich auf jeden Fall noch mal umschauen. Die Mutter war etwas zurückhaltender. Es ist wohl seit fünf Jahren das erste Mal, dass Colin jemanden mit nach Hause bringt – und dann direkt zu Weihnachten. Ich glaube, es ging ihr etwas zu schnell mit uns. Colin hat noch zwei Schwestern und zwei Brüder, musst du wissen, aber er ist offenbar ihr Lieblingssohn, und da ist sie natürlich misstrauisch. Aber nachdem wir am Abend alle zusammen ein Flasche achtzehn Jahre alten Macallan geleert haben, wurde sie doch etwas entspannter, und später hat sie mir sogar Kinderfotos von Colin gezeigt. Ich darf jetzt Fiona zu ihr sagen.«

»Na, das klingt doch großartig«, meinte ich. »Ist die Hochzeit schon anberaumt?«

Es war als Scherz gemeint, doch Kate hatte noch etwas anderes Großartiges zu verkünden.

»Ja«, sagte sie.

Da war ich baff.

»Meine Güte«, meinte ich. »Ihr kommt noch ins *Guinness-Buch der Rekorde*, wenn ihr in diesem Tempo weitermacht. Wohin geht's denn? Nach Gretna Green?« Mittlerweile hätte ich den beiden alles zugetraut.

Ich hörte, wie Kate leise lachte. »Nein, nein. Glücklicherweise sind wir ja beide schon volljährig. Wir werden im Mai heiraten. In Edinburgh. Nach dem London Book Fair. Colin hat mir heute Morgen einen Heiratsantrag gemacht. Auf dem Arthur's Seat, einem Berg, der einmal ein Vulkan gewesen ist. Die Aussicht ist atemberaubend. Wir standen dort oben unter freiem Himmel, auf diesem grünen Grund, unter uns die Stadt und das Edinburgh Castle und auf der anderen Seite das Meer. Die Morgensonne ließ alles leuchten, und Colin fasste meine Hände und fing plötzlich an, ein Gedicht von John Donne zu zitieren. *The Good-Morrow*. Kennst du es?«

»Zu meiner Schande muss ich gestehen: Nein.«

»Na, dann pass mal auf.« Kate sprach ein paar Verse, und ich lauschte andächtig.

»Jedoch, wenn jemals Schönes ich erblickt,
Was ich ersehnte, fand:
Es war von dir ein Traum.

In deinem Aug erscheint mein Angesicht,
In meinem deins, die reinen Herzen zeigend;
Zwei bessere Hemisphären fand man nicht:
Ohn kalten Nord,
und nicht nach Westen neigend.«

»Du meine Güte«, murmelte ich beeindruckt. Mir hatte noch nie ein Mann meine Schönheit oder seine Liebe zu mir in den Worten eines Dichters besungen.

»Ja. Ist es nicht einfach wunderbar?« Kates Stimme war ein einziges Lächeln. »Und dann fragte er mich, willst du mich heiraten, und ich sagte ja. Es war ein Moment, den ich nie vergessen werde. Er hat mir den alten Verlobungsring von seiner Granny Edna geschenkt. Leider ist die Ärmste schon tot und kann nicht zu unserer Hochzeit kommen. Meine Güte! Du müsstest diesen Saphir mal sehen.« Sie schwieg einen Moment, und ich sah förmlich, wie sie ihre Hand ausstreckte und verzückt ihren Ring betrachtete.

»Wow«, meinte ich. »Ganz großes Kino.«

»An Weihnachten machen wir es offiziell.« Sie klang schon wie eine von den Royals. »Du bist die Erste, der ich es erzähle, Emma. Und ich möchte, dass du meine Trauzeugin wirst.«

»Das werde ich ganz bestimmt.«

»Sehr gut. Wir wollen es nämlich richtig krachen lassen, und du weißt ja, was man über Hochzeiten sagt.«

»Nein. Was sagt man denn über Hochzeiten?«

»Na, dass eine Hochzeit die beste Gelegenheit ist, um jemanden kennenzulernen. Die Campbells haben einen riesigen Bekanntenkreis«, schwärmte sie.

»Moment jetzt – willst du mich mit einem *Schotten* verkuppeln? So mit Kilt und Dudelsack?« Ich sah mich schon mit einem bärtigen Highlander zu den Klängen eines Strathpey herumhüpfen. Das Beste, was mir zu Schottland einfiel, waren Cain Terrier und Walkers Pure Butter Shortbread Fingers.

»Nur keine Vorurteile, meine liebe Emma. Es kommt nicht auf den Kilt an, sondern darauf, was darunter steckt.«

»Hört, hört!«, spottete ich.

»Schottische Männer sind unglaublich sexy.«

»Ich dachte, sie seien vor allem geizig.«

»Das stimmt überhaupt nicht. Das haben die Engländer in die Welt gesetzt. Schottische Männer sind großherzig und sexy«, beharrte Kate.

»Seit wann? Seit deiner Taxifahrt mit Colin?«

Sie lachte. »Nicht nur. Denk an Sean Connery. Der rettet mal eben kurz die Welt und sagt ›Keine Ursache‹. Wenn das nicht sexy ist.«

So ging es eine Weile weiter, Kate war ausgelassen wie selten, und sie hatte ja auch allen Grund dazu.

»Ich glaube, ich habe mich noch nie so sehr auf ein Weihnachtsfest gefreut, seit ich ein Kind war«, versicherte sie mir immer wieder.

Das konnte ich von mir nun nicht gerade behaupten.

Als wir unser Telefonat schließlich beendeten, war es schon weit nach Mitternacht. Ich blieb noch eine Weile auf dem Sofa sitzen, trank den Pinot Noir aus und starrte nachdenklich in die Glut.

Schließlich stand ich auf, griff nach dem Kaminbesteck und schob die glimmenden Holzscheite auseinander. Ich stellte das Funkenblech vor den Kamin, brachte die leere Weinflasche und mein Glas in die Küche, streichelte Cooper, der in sein Körbchen getrottet war, kurz übers Fell und seufzte tief.

Erst die glücklichen Walshs, dann die glückliche Kate. Selbst die alte Violet schien stets vergnügt, und die Brownings waren glücklich, dass ihre Kinder und Enkel an Weihnachten kamen, und würden Unmengen von Zitronenkuchen essen. Müde vom Wein und von der Ungerechtigkeit des Lebens, stapfte ich die Treppe hinauf. Ich gebe es ungern zu, aber diese Überdosis an glücklichen Menschen überforderte mich ein wenig.

Wie es aussah, würde meine Freundin im Kreis ihrer neuen schottischen Familie das Weihnachten ihres Lebens verbringen. Und ich würde mein letztes Weihnachten in Primrose Cottage feiern. Mit mir und mit Cooper und mit der Langspielversion von *All by myself*.

7

Es ist eine Binsenweisheit, aber es passiert tatsächlich: Manchmal, wenn man es am wenigsten erwartet, stellt das Leben einem überraschend ein Geschenk vor die Tür.

In meinem Fall war es ein Korb mit Delikatessen, über den ich am nächsten Morgen fast gestolpert wäre, als ich nach draußen trat, um nach der Post zu sehen.

Verwundert bückte ich mich, nahm den kleinen Weidenkorb hoch, der mit einem rotkarierten Tuch ausgeschlagen war, und schaute nach rechts und links, doch es war kein Mensch zu sehen. Die Primrose Lane lag still und friedlich in der Morgensonne.

»Na, so was«, murmelte ich und zog fröstelnd die Schultern hoch. Es war bereits nach zehn, ich hatte tief und traumlos geschlafen, bis Cooper mich weckte. Der Rotwein vom gestrigen Abend hatte seine Wirkung gezeigt.

Ich nahm den Korb mit in die Küche und packte alles aus: eine Flasche Merlot, eine kleine Flasche Veuve Clicquot, ein Baguette, eine Tüte, in der sich zwei buttrige Croissants befanden, ein Stück Schinken, eine Wildschweinsalami, eine Hummercremesuppe, französische Gänseleberpastete, Lavendelhonig aus der Provence, Shortbread Butter Fingers, eine Schachtel mit dunklen Schokoladentrüffeln und zu meiner Verwunderung auch einer von diesen Cadbury-Crunchie-Riegeln, wie wir sie als Kinder gern gegessen hatten.

Und zwischen all diesen Schätzen steckte eine Visitenkarte vom *Deli Gourmet*.

Überrascht betrachtete ich die kleine Karte, die die Fassade des Geschäfts zeigte. Wer ließ mir etwas aus dem *Deli Gourmet* zukommen?

Ich drehte die Karte um und fand eine kurze handgeschriebene Notiz. Eigentlich war es nur ein Satz, aber er ließ diesen Tag gut beginnen.

Danke für die »Nachbarschaftshilfe« – Dan.

Daneben war mit ein paar Strichen ein kleiner Hase gemalt, der an der Hand eines Mädchens mit langen Haaren baumelte.

Lächelnd schaute ich auf die Zeichnung. Auch wenn Lillis strahlendes Gesicht gestern Abend schon Dank genug gewesen war, freute ich mich doch über diese kleine Aufmerksamkeit, die so klein gar nicht war. Damit hatte ich nicht gerechnet.

Und damit war ich in Gedanken schon wieder bei Daniel Walsh. Wie nett von ihm, extra zum *Deli Gourmet* zu fahren und mir diese Auswahl an Spezialitäten vorbeizubringen. Das würde mir mein frugales Weihnachten retten.

Ich machte mir eine Kanne Breakfast Tea, aß ein Croissant dazu und bestrich jeden Bissen dick mit Butter und Honig. Und weil es so gut schmeckte, aß ich auch gleich noch das zweite. Dann räumte ich die restlichen Sachen aus dem Präsentkorb in die Schränke und war gerade fertig damit, als es an der Haustür klopfte.

Cooper fing an zu bellen, und als ich schwungvoll die Tür aufzog, erwartete ich eigentlich, ein paar braune Augen und ein verschmitztes Lächeln zu sehen. Doch stattdessen schaute ich in die wässrig-blauen Augen von Violet Hetherford.

»Violet!«, rief ich erstaunt und versuchte meine Enttäuschung zu verbergen.

»Guten Morgen, Emma«, sagte sie und machte ein vorwurfsvolles Gesicht. »Ich komme hier gerade zufällig vorbei und sehe, dass du immer noch keinen Kranz an der Tür hast.« Sie schüttelte missbilligend den Kopf. »So geht das aber nicht, Kindchen. Alle Häuser in der Straße sind so schön geschmückt, nur Primrose Cottage nicht. Das hätte deiner armen Mutter gar nicht gefallen. Was planst du? Einen Weihnachtsboykott?«

Sie stand da in ihrem eleganten Nerzmäntelchen mit dazu passender Kappe und sah mich streng an.

»Äh … nein, natürlich nicht«, beeilte ich mich zu versichern. »Ich bin einfach noch nicht dazu gekommen.«

»Was soll das heißen, du bist noch nicht dazu gekommen? Was um Himmels willen machst du eigentlich die ganze Zeit, Emma? In fünf Tagen ist Weihnachten.« Sie schien ehrlich entsetzt.

»Ich weiß«, erklärte ich schuldbewusst. »Aber …«

Eigentlich wollte ich Violet Hetherford sagen, dass es in meinem Fall doch sowieso keine Rolle spielte, ob in fünf Tagen Weihnachten war oder ein Kranz an der Haustür hing, aber die alte Dame schnitt mir das Wort ab und erstickte jeden Anfall von Selbstmitleid im Keim.

»Kein Aber«, sagte sie und wackelte mit dem Finger, der in einem dunkelbraunen Lederhandschuh steckte. »In fünf Tagen ist Weihnachten, und wir kaufen jetzt einen Kranz.«

Wie immer sprühte die kleine alte Dame vor Energie. Ich wusste ehrlich nicht, wo sie die hernahm.

Kurze Zeit später spazierten wir die Straße entlang, Miss Violet, Cooper und ich. Die Sonne schien, aber die Luft war eisig kalt. Violet blickte in den Himmel und meinte, es würde bald schneien, sie spüre es schon in ihren morschen Knochen. Sie hatte sich bei mir eingehakt und trippelte in kleinen Schritten neben mir her, während Cooper auf der anderen Seite hechelnd vorwärtsstrebte und wie irre an der Leine zog, weil er in den Park wollte. Doch erst einmal ging es jetzt ins Städtchen, und wir schlängelten uns durch das Wohngebiet mit den sandsteinfarbenen Häusern und schlugen dann den Weg zur High Street ein.

Als wir die kopfsteingepflasterte Einkaufsstraße Richtung Marktplatz entlangbummelten, erzählte Violet mir von ihrem erfolgreichen Bridgeabend, und ich gab die Geschichte vom rosa Stoffhasen zum Besten.

»Was für ein Abenteuer«, meinte sie. »Und wie klug von dir, selbst einen Aushang zu machen. Andere hätte die Sache gar nicht weiter verfolgt. Aber du bist eben jemand, der nicht so schnell aufgibt, Emma. Das gefällt mir.« Sie sah mich an, als hätte ich eine Heldentat vollbracht, und ich fühlte mich geschmeichelt.

»Na ja, es ist ja nichts von Bedeutung, aber es war mir irgendwie wichtig. Und heute Morgen fand ich zum Dank einen Präsentkorb aus dem *Deli Gourmet* vor meiner Tür«, schloss ich. »Ist das nicht nett?«

»Wie aufmerksam.« Violet nickte. »Ich kenne die Walshs, das sind wirklich ganz reizende Leute.« Wie immer wusste sie bestens Bescheid über die Einwohner von Snowbridge. »Sie ist Wirtschaftsprüferin, und er arbeitet ja als Anwalt der Krone in Bristol. Ein ganz feiner Mann.« Sie zog anerkennend die Augenbrauen hoch und nickte.

»Ach, wirklich?«, sagte ich erstaunt. Es wäre mir nie in den Sinn gekommen, dass dieser Mann, der so locker mit seiner Tochter scherzte, von sich selbst behauptete, er sei hier »nur der Kindergärtner«, und mir Nachrichten mit Strichmännchen-Zeichnungen zukommen ließ, ein Staatsanwalt war.

»Doch, doch«, entgegnete Violet. »Deswegen ist er auch unter der Woche oft nicht zu Hause. Er hat in Bristol wohl noch ein Apartment, denn die Fahrt ist dann doch zu weit, um sie jeden Tag zu machen.«

Ich nickte einigermaßen beeindruckt und dachte daran, wie Dan gestern Abend auf die Uhr geschaut hatte, weil er noch zu seinem Termin musste, und wie sich die beiden Eheleute so liebevoll zugewinkt hatten. Offenbar waren nicht alle Fernbeziehungen zum Scheitern verurteilt, aber Bristol war natürlich auch nicht so weit weg wie Singapur.

So redeten wir noch eine Weile, während wir allmählich auf den Blumenladen zusteuerten, der am Rathausplatz neben dem Delikatessenladen lag. Im Vorübergehen warf ich neugierig einen Blick durchs Schaufenster. Das *Deli Gourmet* war wie immer gut besucht. Ein paar Kunden standen an der Theke und warteten geduldig. Es war kurz vor eins, und das Geschäft machte in einer Viertelstunde Mittagspause.

Ich verlangsamte meinen Schritt, um zu sehen, ob die mürrische Harriet auch da war, aber Violet zog mich energisch weiter zu dem Blumenladen. »Nicht trödeln, Emma«, sagte sie. »Ich muss gleich noch zu Ricky, und ich will auf keinen Fall zu spät kommen.«

»Wer ist Ricky?«, fragte ich amüsiert. »Habe ich was verpasst?« Hatte Violet etwa einen Verehrer? Die alte Dame war wirklich erstaunlich.

»Ricky ist mein Friseur.« Violet sah mich hoheitsvoll an. »Nach meinem guten William der wichtigste Mann in meinem Leben.«

Ich lachte.

»Ja, lach nur, Emma«, sagte sie. »Noch sind deine Haare voll und schön, aber wenn du erst einmal so alt bist wie ich, wirst du sehen, wie wichtig es ist, einen Friseur seines Vertrauens zu haben.« Sie schwenkte ihren Spazierstock. »Ricky ist ein wahrer Meister, und ich lasse nur ihn an meine Haare. Außerdem liebe ich unsere kleinen Plauderstündchen. Man kann sich so geistreich und witzig mit ihm unterhalten.«

Ich nickte belustigt. Ich konnte mir lebhaft vorstellen, dass Ricky und Miss Violet sich viel zu erzählen hatten. Wahrscheinlich hechelten sie bei ihren Plauderstündchen den ganzen Ort durch und tauschten die neusten Informationen aus.

Wir blieben vor dem *Bluebells and Daisies* stehen, und Violet stieß die grüne Holztür auf, an der ein Buchsbaumkranz hing, der mit Zieräpfeln, roten Samtschleifen und einem bemalten Holzschild versehen war: *Merry Christmas!* stand darauf.

Meine Miene verdüsterte sich für einen Moment. In diesem Blumenladen hatte ich auch Mums Trauerkranz gekauft. Ein duftiger Kranz mit rosafarbenen Freilandrosen und Schleierkraut, auf dessen Bändern »In Liebe, Emma« stand.

Ich versuchte, den Gedanken zu verscheuchen. Wenn ich alle Orte vermeiden wollte, die etwas mit dem Tod meiner Mutter zu tun hatten, würde mir bald nur noch der neue Feinkostladen mit der mürrischen Harriet bleiben.

Ich holte tief Luft und trat ein. Ein silbernes Glöckchen bimmelte, und sofort schlug mir der Duft von frischen Blumen entgegen, der sich mit dem würzigen Geruch der Tannenzweige mischte. Die Verkäuferin, ein hübsches Mädchen mit roten Haaren und Sommersprossen, begrüßte uns ganz unbefangen. Erleichtert nahm ich zur Kenntnis, dass ihre Chefin offenbar nicht da war. Das war gut so, denn ich hatte keine Lust auf mitleidige Blicke oder Bemerkungen. Entzückt sah ich mich in dem kleinen Paradiesgarten um.

An den Wänden hingen wunderschöne Türkränze in allen Größen und Farben und von der Decke Mistelzweige, die an schmalen grünen Samtbändern aufgehängt waren. Dunkelgrün lasierte Töpfe, die auf dem Boden und auf einem Tisch in der Mitte standen, waren gefüllt mit Rosen, Schneebällen, Amaryllis und Christrosen, und in einer hohen Glasvase standen Stechpalmenzweige, deren Beeren in weihnachtlichem Rot leuchteten. Altes Blechspielzeug, glitzernde Engel und bunte Weihnachtskugeln hingen an durchsichtigen Schnüren im Fenster und schienen vom Himmel zu schweben. Meine Blicke blieben bewundernd an der fantasievollen Dekoration hängen, bis Violet mich am Ärmel zupfte.

»Türkranz«, murmelte sie. »Ich habe nicht ewig Zeit, Emma.«

Trotzdem dauerte es fast eine Viertelstunde, bis wir den passenden Kranz für die Tür von Primrose Cottage gefunden hatten. Ich sage *wir*, denn selbstverständlich suchte meine alte Freundin mit kritischem Blick den Kranz mit aus.

»Nein, nicht den«, sagte sie und schüttelte entschieden den Kopf, als ich auf einen eher bescheidenen Kranz mit einer karierten Schleife wies. »Der ist zu mickrig.«

Auch der Kranz mit dem trompetenden Engel in der Mitte war ihr nicht recht, und ebenso nicht der mit den roten und grünen Weihnachtskugeln.

»Wissen Sie, wir brauchen etwas Besonderes«, erklärte sie der jungen Verkäuferin. Diese legte nachdenklich den Finger an ihre sommersprossige Nase, dann sagte sie »Verstehe«, ging nach hinten und kam mit einem großen Tannenkranz zurück, der über und über mit zarten honigfarbenen Blüten, dunkelroten Beeren und winzigen rosafarbenen Kugeln geschmückt war. Er war perfekt.

»Der ist es«, sagten Violet Hetherford und ich wie aus einem Munde.

Unsere geduldige Blumenfee freute sich, dass wir endlich das Passende gefunden hatten. Glücklich nahm ich meinen Kranz entgegen, und Violet bestand darauf, noch einen Mistelzweig für mich zu kaufen, den ich über der Wohnzimmertür aufhängen sollte.

»Ach, Violet, ich brauch doch keinen Mistelzweig«, sagte ich. »Wer soll denn bei mir vorbeikommen und mich küssen?«

»Man kann nie wissen«, meinte die alte Lady und drückte mir den grünen Zweig mit den hellen Beeren in die Hand. »Mit so einem Mistelzweig bist du jedenfalls auf der sicheren Seite.« Sie grinste spitzbübisch. »Nun nimm ihn schon, Emma, ich schenke ihn dir. Oder willst du mich etwa vor den Kopf stoßen?«

Natürlich wollte ich das nicht. Ich nahm die Zweige, und weil ich gerade dabei war, kaufte ich auch noch einen kleinen Rosenstrauß für meinen Besuch bei Mrs. Browning. Violet hob fragend die Augenbrauen.

»Ich bin am Nachmittag noch bei den Brownings zum Tee eingeladen«, erklärte ich ihr, als wir wieder aus dem Blumenladen traten.

»Oh, dann grüß Eleonor bitte von mir«, meinte sie. »Wie geht's denn Harry?« Sie runzelte besorgt die Stirn.

»Harry? Keine Ahnung. Gut, vermute ich mal.« Ich stutzte. »Wieso, was ist denn mit Harry?«

Harry Browning war in der Oberstufe eine Klasse über mir gewesen. Nach der Schule hatte er die *London School of Business* besucht und war später in die Stapfen seines Vaters getreten und Banker geworden. Den Autos nach zu urteilen, mit denen er manchmal vorfuhr, wenn ich Mum besuchte, schien es ihm hervorragend zu gehen. Und soweit ich wusste, war er inzwischen verheiratet und lebte in Bath.

»Hat Eleanor dir denn nichts erzählt?« Violet schaute mich unter ihrer Nerzkappe fragend an.

Ich schüttelte den Kopf, und die alte Dame seufzte entzückt, als sie meine verständnislose Miene sah.

»Seine Frau hat ihn doch verlassen. Wegen eines *Fitnesstrainers*, ist es zu fassen?« Sie wackelte missbilligend mit dem Kopf. »Also ich persönlich finde ja Leute, die den lieben langen Tag darauf verwenden, ihre Muskeln zu stählen, irgendwie suspekt. Ich meine doch, seine Zeit kann man auch sinnvoller nutzen, oder?« Sie spitzte die Lippen. »Na, wie auch immer, jedenfalls hat Miranda dann auch gleich die Scheidung eingereicht, und Harry war am Boden zerstört und wird ihr wohl einen happigen Unterhalt zahlen müssen.«

»Oje, nein, das wusste ich nicht. Der arme Harry.«

»Ach, weißt du«, Violet machte eine wegwerfende Handbewegung. »Wir alle fanden diese Miranda nie so wirklich toll. Sie war ein oberflächliches Ding, ohne jeden Tiefgang, und hat Harry mit ihren hübschen Kulleraugen den Kopf verdreht. Wenn du mich fragst, war sie ein bisschen gewöhnlich und sowieso nur scharf auf sein Geld, und das bekommt sie ja nun. Im Grunde sind wir alle froh, dass Miranda weg ist. Die arme Eleonor hat sich oft genug bei mir beklagt, aber na ja, es war ihre Schwiegertochter. Also hat sie gute Miene zum bösen Spiel gemacht, obwohl Miranda nur auf dem Sofa herumlag und ständig in ihr Smartphone guckte und nicht mal das Rezept von ihrem wunderbaren Zitronenkuchen haben wollte. Miranda hat sie nur angeschaut wie eine Kuh und gemeint, warum soll sie denn Kuchen backen, wo man den doch überall kaufen kann. Das hat Eleanor zutiefst verletzt.«

»Nun ja«, wandte ich lächelnd ein. »Vielleicht konnte Miranda einfach nicht backen, das ist ja kein Verbrechen.«

»Es ist eine Frage der Höflichkeit«, sagte Violet streng. »Und außerdem konnte Miranda nicht nur nicht backen. Sie konnte gar nichts – außer vielleicht shoppen und sich perfekt die Nägel lackieren. Also, wenn du mich fragst, kein Verlust. Aber der arme Harry sieht das natürlich anders. Na ja, er wird schon drüber wegkommen. Andere Mütter haben auch schöne Töchter, nicht wahr?«

Violet zwinkerte mir vielsagend zu, und dann machte sie sich auf den Weg zu Ricky, dem zweitwichtigsten Mann in ihrem Leben.

Mit meinem großen Kranz in der einen Hand und Coopers Leine und den Blumen in der anderen wollte ich mich gerade auf den Heimweg machen, als ich einen Mann vor dem Feinkostladen bemerkte, der mich belustigt musterte. Vor mir stand, in Barbour-Jacke und kariertem Schal, der Anwalt der Krone, und hielt einen Einkaufsbeutel aus Stoff in der Hand.

»Hallo, Emma«, sagte Daniel Walsh. Er sah mich einen Augenblick zu lange an – oder bildete ich mir das bloß ein?

»Oh … hallo, Dan«, sagte ich erfreut und nickte ihm zu. »Leider habe ich keine Hand mehr frei, die ich Ihnen geben könnte.« Ich hob den Türkranz entschuldigend in die Höhe.

»Das macht nichts«, erwiderte er. »Steht Ihnen übrigens gut, der Kranz. Der passt perfekt zu Ihrem blauen Mantel. Sie sehen aus wie eine Reklame für Weihnachten.«

War das ein Kompliment? Oder machte er sich über mich lustig?

»Ach, danke«, sagte ich. »Und Sie sehen überhaupt nicht aus wie ein Staatsanwalt.«

Er schien einen Moment irritiert, dann verzog sich sein Mund zu einem jungenhaften Grinsen. »Na, Gott sei Dank«, erwiderte er schlagfertig. »Das fasse ich jetzt mal als Kompliment auf.«

»Wie Sie meinen.«

Wir lachten, und erst dann fiel mir der Korb mit den Delikatessen wieder ein.

»Oh, und tausend Dank für den tollen Präsentkorb«, sagte ich schnell. »Das war ja eine schöne Bescherung heute Morgen. Dabei haben wir doch noch gar kein Weihnachten. Die Sachen sehen alle ganz fantastisch aus.«

»Und so schmecken sie auch.«

»Aber das wäre wirklich …«

»… nicht nötig gewesen«, ergänzte er. »Haben Sie ein Problem damit, Geschenke anzunehmen?«

Ich merkte, wie ich rot wurde. »Natürlich *nicht.*«

»Das freut mich außerordentlich.«

»Mich auch«, entgegnete ich schnell.

Er hob amüsiert die Augenbrauen. »Wie gut, dass wir das geklärt haben.«

»Warum? Haben Sie vor, mir noch mehr zu schenken?«

»Schon möglich.« Er lächelte, und ich konnte nicht anders und lächelte zurück. Es war nichts als ein harmloser kleiner Flirt, sagte ich mir. Unter Nachbarn.

»Kaufen Sie öfter hier ein?«, fragte ich und deutete mit dem Kopf auf den Deliktessenladen.

»Ach, nicht wirklich.« Er zuckte mit den Schultern und breitete die Hände aus. »Ich bin hier nur der Präsentkorblieferant.«

»Was heißt hier *nur*? Sie stellen gern Ihr Licht unter den Scheffel, was?«

»Wenn Sie es sagen.« Er schmunzelte. Dann warf er mir einen langen Blick zu. »Ich hätte Ihnen gern noch geholfen, Ihren prächtigen Kranz nach Hause zu tragen, Emma, aber ich muss leider los.«

»Kein Problem«, sagte ich. »Wir wollen doch beide nicht, dass Sie nachher noch behaupten, Sie seien hier nur der Packesel gewesen.« Ich zwinkerte ihm zu.

»*Sie* …«, sagte er und drohte mir mit dem Finger. »Klauen Sie mir nicht meine Gags. Schönen Tag noch!«

Ich sah ihm nach, wie er mit zügigen Schritten den Rathausplatz überquerte und zwischen den Häusern verschwand.

Und als ich mich mit Cooper und meinem prächtigen neuen Türkranz auf den Heimweg machte, fing es tatsächlich an zu schneien.

»Ich würde mich wirklich freuen, wenn du mich mal in Bath besuchen würdest, Emma«, sagte Harry Browning am Nachmittag zu mir. »Es ist eine schöne Stadt, in der es sich gut leben lässt. Wenn man nicht gerade mitten in einer Scheidung steckt.«

Er seufzte tief. Dann sah er mich hoffnungsvoll an und fegte sich ein paar Krümel von seinem dunkelblauen Lambswool-Pullover. Er war in der Tat ein wenig ernster geworden, nicht mehr der lustige, stets zu Streichen aufgelegte Harry, den ich aus meiner

Schulzeit kannte. Aber vielleicht dachte er dasselbe ja auch von mir.

Wir saßen im Wohnzimmer bei den Brownings und hatten Tee getrunken und Zitronenkuchen gegessen. Auf dem Tisch stand mein kleiner Rosenstrauß, über den Mrs. Browning sich sehr gefreut hatte. Und nach dem Austausch allgemeiner Höflichkeiten und gefälligen Plaudereien, die vom Wetter bis zum neuesten Eklat im Buckingham Palace reichten – Dingen also, die man sich üblicherweise bei einer Tea Time erzählt, wo es angeraten ist, schwierige Themen zu vermeiden – war die Rede dann doch auf Miranda gekommen, auf den Fitnesstrainer, die Scheidung. Und auf den Tod meiner Mutter und was aus Primrose Cottage werden sollte.

Nach einer Weile hatte Mrs. Browning sich taktvoll in die Küche zurückgezogen mit der Bemerkung, Harry und ich hätten uns lange Zeit nicht gesehen und uns sicher viel zu erzählen. Sie brachte uns noch eine Kanne Tee und nickte uns dann mütterlich zu.

»Esst Zitronenkuchen, Kinder«, sagte sie. »Ihr könnt ein paar Extrakalorien vertragen.«

Nachdem sie das Wohnzimmer verlassen hatte, ließ Harry sich in den Sessel zurücksinken. Er fuhr sich mit der Hand durch seine rötlich-blonden Locken, die er jetzt kürzer trug als früher.

»Wie es aussieht, haben wir beide eine schwere Zeit durchgemacht, Emma. Aber es hilft alles nichts, man muss nach vorne schauen.«

Harry gab sich gefasst, doch ein bitterer Zug um seinen Mund verriet, dass er die Sache mit Miranda noch nicht verwunden hatte. Er schaute mich melancholisch an. Dann lächelte er plötzlich. »Solche Probleme hatten wir damals in der Schule noch nicht, was?«

Ich schüttelte den Kopf und meinte ein Funkeln in seinen blauen Augen zu entdecken. »Nein, wirklich nicht«, erklärte ich.

Wir sahen uns einen Moment an, und wahrscheinlich dachten wir beide dasselbe.

An einem heißen Tag Anfang Juli, es war der letzte Tag vor den Sommerferien gewesen, hatten Harry und ich uns hinter der Turnhalle geküsst. Ich mochte den lebhaften Harry, der schon damals ein Ass in Mathe war und darüber hinaus Captain der Fußballmannschaft unserer Schule. Er hatte an diesem Nachmittag das entscheidende Tor gegen die gegnerische Mannschaft der Nachbarschule geschossen, und ich hatte am Spielfeldrand gestanden und Harry zusammen mit meinen Freundinnen angefeuert.

Nach dem Turnier hatte er mich unter dem Vorwand, er wolle mir etwas zeigen, hinter die Turnhalle gelockt. Damals war ich vierzehn, und es war mein erster Kuss, und ich weiß noch, wie heiß die Sonne auf meine Bluse brannte, während wir eine Weile aufgeregt kichernd herumknutschten und Harry seine verschwitzte Hand auf meine Brust legte und sich an mich drückte. Wir lagen auf einer Wiese von blauen Glockenblumen, und der Himmel über uns war auch blau, und ich fand seine Küsse ungewohnt und spannend und vor allem nass und nicht ganz so überzeugend wie seine fußballerischen Qualitäten.

Als ich an diesem Nachmittag nach Hause kam, putzte ich mir die Zähne und starrte prüfend in den Spiegel, um festzustellen, ob ich irgendwie verändert aussah.

Das war lange, bevor Peter mir das Herz brach, aber seinen ersten Kuss vergisst man nie.

Harry beugte sich vor, um mir etwas Tee nachzuschenken.

»Wie lange wirst du in Snowbridge sein?«, wollte er wissen. »Ich bin auf jeden Fall bis Neujahr bei meinen Eltern. Meine Schwester kommt morgen mit Mann und Kindern. Vielleicht können wir die Tage ja mal wieder ins *Rose & Crown* gehen?«

»Um der alten Zeiten willen?«

»Ja, warum nicht? So schlecht waren die alten Zeiten doch gar nicht.«

»Nein, das stimmt. So schlecht waren sie nicht.« Ich trank einen Schluck Tee und blinzelte ihm über den Rand meiner Tasse zu. »Nur deine Küsse waren ein bisschen … feucht.«

»Oh, bitte!« Er hob die Hände, und wir lachten. »Erinnere mich nicht daran. Ich war schon ein bisschen gekränkt in meiner Eitelkeit, als du mir am nächsten Tag erklärtest, wir sollten einfach Freunde bleiben.« Er spießte ein Stück Zitronenkuchen auf und sah es nachdenklich an.

»Damals hielt ich mich für den König der Welt.«

»Und das warst du auch«, sagte ich schnell. »Damals waren wir unbesiegbar, und das Leben war ein endloser Sommer.«

Er nickte und steckte sich den Kuchen in den Mund. »Ohne eine einzige Wolke am Himmel«, erklärte er kauend. Dann legte er die Gabel auf seinen Teller und sah auf. »Übrigens habe ich mich enorm verbessert.«

»Du meinst, was das Küssen angeht?«

Er grinste, und für einen Moment schimmerte der alte großspurige Harry wieder durch.

»Du wärst überrascht. Vielleicht möchtest du es bei Gelegenheit mal überprüfen. Oder bist du anderweitig gebunden?«

»Nein. Ich wurde verlassen. Genau wie du. Nur war ich nicht verheiratet.«

»Perfekt.« Er lächelte, dann huschte ein Schatten über sein Gesicht.

»Verdammte Miranda«, murmelte er.

»Ach, Harry«, sagte ich und legte meine Hand auf seinen Arm. »Zwei verlorene Seelen, die sich aneinanderklammern wie Ertrinkende, was soll das werden?«

»Keine Ahnung.« Er nahm meine Hand und küsste sie flüchtig. »Aber gegen das Aneinanderklammern hätte ich nichts einzuwenden.«

Ich lächelte. »Was würdest du davon halten, wenn wir es erst mal mit einem Spaziergang versuchen?«

»Besser als nichts«, sagte er.

Und so kam es, dass ich bei meiner abendlichen Runde durch den Park mit einem Mal einen Begleiter hatte.

Harry Browning stapfte an meiner Seite durch den Schnee, der unaufhörlich fiel, während Cooper glücklich über die Wiese tollte und nach den Schneeflocken schnappte.

Die Dunkelheit hatte sich bereits über den Park gesenkt, nur der Schnee leuchtete uns hell entgegen. Als wir an Snowbridge Manor vorbeigingen, erzählte mir Harry, dass er in Bath als Vermögensberater arbeite und dass die Arbeit bei der Bank genau das Richtige für ihn sei und ihm sein Job darüber hinaus geholfen hätte, die Trennung von Miranda zu verkraften. »Es hat mir immer Spaß gemacht, mir meine Chancen auszurechnen«, sagte er. »Stochastik war schon in der Schule mein Ding. Nur bei meiner eigenen Frau haben meine Wahrscheinlichkeitsberechnungen offenbar versagt.«

»Wer kann schon die Liebe berechnen«, meinte ich. »Sei froh, dass du wenigstens eine verlässliche Größe in deinem Leben hast, Harry.« Ich blieb stehen, nahm etwas Schnee vom Boden auf, formte es zu einem Schneeball und schleuderte ihn soweit ich konnte über die Wiese. Cooper rannte bellend hinterher und drückte seine Nase begeistert in den Schnee.

»Seitdem bei uns alles umstrukturiert wurde, macht mir im Moment nicht mal meine Arbeit richtig Spaß«, erklärte ich. »Ich kann leider nicht behaupten, dass mein Job mir über alles andere hinweghilft.«

»Das tut mir leid«, meinte Harry. »Vielleicht musst du dir was Neues suchen.« Er sah mich von der Seite an. »Verkauf das Cottage und komm nach Bath. Da würde so ein hübscher Strumpfladen gut hinpassen.«

»Ach, Harry«, seufzte ich. »Es muss ja nicht unbedingt ein Strumpfladen sein. Ich glaube, ich mag diese ganzen Veränderungen einfach nicht. Ich habe das Gefühl, mein altes Leben löst sich gerade auf. Und am Ende stehe ich mit leeren Händen da.«

»Unsinn.« Harry stieß mich freundschaftlich in die Seite. »Wenn du das Haus verkaufst, bist du eine reiche Frau und kannst dir etwas Neues aufbauen. Das wird super! Und wenn du einen guten Vermögensberater brauchst – er steht schon vor dir.«

»Das ist allerdings ein unschlagbarer Vorteil«, erklärte ich lachend und boxte ihm spielerisch in die Brust. »Du bist immer noch ein genauso alter Angeber wie damals.«

»Und du bist noch genauso vorlaut wie damals, Emma Bloom. Nimm das sofort zurück.«

Harry lachte und schubste mich auch, wir rangelten ein bisschen herum und fielen schließlich kichernd in den Schnee.

Während ich mich aufrappelte und Harry versuchte, mir Schnee in den Kragen zu stecken, sah ich aus den Augenwinkeln einen einsamen Spaziergänger, der in einiger Entfernung dick vermummt an uns vorbeikam und einen Moment zu uns hinüberschaute, bevor er hinter einer Baumgruppe verschwand.

»Hör auf damit, Harry, die Leute gucken schon!«, rief ich.

»Bin ich immer noch ein Angeber?« Er hielt einen Schneeball in der Hand.

»Nein, bist du nicht«, erklärte ich lachend.

Wir standen auf und schüttelten uns den Schnee aus den Haaren. Das kleine Gerangel war anstrengend und erfrischend zugleich gewesen. Während wir unsere Runde durch den Park fortsetzten, erfasste mich eine neue Leichtigkeit.

»Vielleicht hast du recht, Harry«, sagte ich. »Ich sollte mich endlich von der Vergangenheit verabschieden und etwas Neues wagen. So schwer ist das doch gar nicht.«

Doch als wir unseren Spaziergang beendet hatten und mein alter Schulfreund mich noch die paar Schritte die Primrose Lane hinunter bis zum Haus begleitete, an dessen Tür seit diesem Nachmittag ein Weihnachtskranz hing, zog sich mein Herz plötzlich schmerzlich zusammen. Ich sah das kleine rosafarbene Cottage, auf das sacht die Schneeflocken fielen, und ich wusste mit einem Mal nicht mehr, ob ich es wirklich hergeben wollte.

Erst als ich ins Bett ging, entdeckte ich die Sprachnachricht auf meinem Handy. Helen hatte angerufen und lud mich ein, am Freitagabend um sechs Uhr auf einen Drink in die Abbington Lane zu kommen. »Nichts Großes«, sagte sie. »Einfach ein geselliges Beisammensein mit ein paar netten Leuten und ein paar Snacks. Wir würden uns so freuen, wenn du auch dabei wärst, Emma. Ich hoffe, du kommst.«

8

Auf der High Street hatte der Christmas-Countdown begonnen. An diesem Donnerstag schoben sich die Leute durch die weihnachtlich geschmückte Haupteinkaufsstraße von Snowbridge, und auch ich hatte mich nach einer kurzen Morgenrunde mit Cooper aufgemacht und war noch mal ins Städtchen gegangen, um ein paar Einkäufe zu machen. Ich bummelte die Straße entlang und schaute in die Schaufenster der kleinen Geschäfte auf der Suche nach einem Mitbringsel für meine Einladung bei den Walshs.

Es war seltsam, doch seit ich am Vortag den hübschen Kranz mit den rosa Kugeln an meiner Tür befestigt hatte, war trotz allem so etwas wie eine weihnachtliche Stimmung bei mir aufgekommen. Nicht so wie früher natürlich, nicht so wie noch im letzten Jahr, als ich mit Mum das Haus geschmückt und zusammen mit ihr den Tannenbaum auf dem Verkaufsstand vor dem Snowbridge Manor gekauft hatte, aber – um es mal mit Charles Dickens zu sagen – der Geist der Weihnacht hatte mich erfasst oder doch zumindest mit seinen Flügeln gestreift. Als ich inmitten der anderen Passanten, die mit ihren

Tüten und Einkäufen unterwegs waren, die Straße Richtung Rathaus hochschlenderte, wo ein festlich geschmückter Tannenbaum prangte, war ich mit einem Mal Teil des weihnachtlichen Treibens.

Schon als ich am Morgen aufwachte und ans Fenster trat, hatte ich das Gefühl, dass es ein guter Tag werden würde. Im Garten war alles dick verschneit, die Sonne ließ den Schnee glitzern, die roten Beeren der Ilex-Hecke und das kleine Vogelhäuschen waren wie mit Puderzucker überstäubt, es sah märchenhaft schön aus, wie auf einer Weihnachtspostkarte, und ich hatte plötzlich große Lust, rauszugehen und Teil von all dem zu werden.

Als ich jetzt vor dem Schaufenster von *Sarah's Tea Room* stehen blieb, sah ich zwischen bunten Teedosen, Rosentassen und kleinen Kuchen mein Spiegelbild in der Scheibe. Eine junge Frau im blauen Mantel, die Wollmütze ins Haar gedrückt, eher klein als groß, mit von der Kälte geröteten Wangen und glänzenden Augen. Ich lächelte mir versuchsweise zu und fand, dass ich nicht mehr ganz so verzweifelt aussah wie zuvor.

Das Gespräch mit Harry hatte mir irgendwie gutgetan. Genauso wie Mrs. Brownings Zitronenkuchen und Violet Hetherfords hartnäckige Bestrebungen, mich aus meiner Lethargie aufzurütteln. Cooper, so klein er auch war, hatte dafür gesorgt, dass ich jeden Tag nach draußen ging, ich hatte im Park einen rosa

Stoffhasen namens Bonnie gefunden und ein kleines Mädchen glücklich gemacht. Und morgen Abend war ich bei den Walshs eingeladen und würde Helen wiedersehen, Lilli – und auch Dan.

Ich gebe gern zu, dass auch diese Aussicht zu dem kleinen Hochgefühl beitrug, das mich erfasst hatte.

Wenn ich bedachte, wie mutlos und schweren Herzens ich noch vor vierzehn Tagen meinen Koffer durch den Vorgarten von Primrose Cottage gezogen hatte, war das gar keine so schlechte Bilanz. Damals war ich wie erstarrt gewesen in meinem Schmerz, und jetzt, knapp zwei Wochen später, hatte ich neue Freundschaften geschlossen, einen alten Schulfreund wiedergetroffen und hielt Ausschau nach Geschenken.

Es war erstaunlich, aber wenn man sich nur ein wenig öffnete, eine kleine Richtungsänderung vornahm, konnte sich alles verändern. Eins führte zum anderen. Und am Ende eröffneten sich ungeahnte Möglichkeiten und ganz neue Perspektiven. Erst jetzt wurde mir klar, dass der Moment, als ich den Aushang im Park gesehen und Cooper wenig später den Stoffhasen gefunden hatte, ein Wendepunkt gewesen war. In dem Augenblick, als ich in Aktion trat, um einem Kind zu helfen, hatte ich das Heft wieder in die Hand genommen und war ins Leben zurückgekehrt.

Eine dicke Frau mit roter Pudelmütze, die, beladen mit Tüten, schnaufend hinter mir stehenblieb und mit neugierigem Blick über meine Schulter hinweg in die Auslage von *Sarah's Tea Room* starrte, beendete meine kleine philosophische Anwandlung. Ich trat zu Seite, um ihr Platz zu machen, und öffnete die Tür.

Ich kaufte eine hübsch bemalte Blechdose mit *English Rose Tea* für Helen, anschließend ging ich weiter und stöberte ein bisschen in der Buchhandlung herum. Ich fand ein entzückendes Pop-up-Bilderbuch von *Peter und der Wolf*, das ich Lilli mitbringen wollte.

Und für den Herrn des Hauses kaufte ich eine Flasche Tanqueray Gin, die ich im vollgestopften Fenster des *Deli Gourmet* entdeckte.

Ich wusste nicht, ob die alte Harriet mich wiedererkannte oder ob sie an diesem Donnerstag einfach gnädiger gestimmt war als sonst – jedenfalls verkaufte sie mir den Gin, ohne zu murren. Nun ja, es war ein durch und durch englisches Produkt. Und nachdem ich noch zwei Flaschen Portwein dazu nahm – eine für Violet und eine vorsichtshalber auch für mich, rang die Alte sich tatsächlich zu einem schiefen Lächeln durch.

»Keine selbstgemachte Lamm-Pie heute?«, fragte sie.

Ich schüttelte den Kopf. »Nein, heute nicht.«

»Warum? Hat sie Ihnen nicht geschmeckt?« Sie runzelte sofort die Stirn. »Die hat mein Enkel gemacht«, herrschte sie mich an.

»Das weiß ich doch«, entgegnete ich mit einem entwaffnenden Lächeln. »Die Lamm-Pie war ganz vorzüglich. Die habe ich bestimmt nicht zum letzten Mal hier gekauft.«

Sie nickte einigermaßen zufrieden, und während sie sich gereizt dem nächsten Kunden zuwandte, der einen Brie de Meaux haben wollte, spähte ich in den hinteren Teil des Ladens und fragte mich, wo der Lamm-Pie-machende Enkel sich eigentlich versteckte.

Es war seinem Geschäft auf Dauer nicht gerade zuträglich, wenn er seine übel gelaunte alte Großmutter auf die Kunden losließ.

Als ich aus dem Laden trat, beschloss ich, noch zu dem Weihnachtsbaumstand im Park zu gehen, um ein paar frische Tannenzeige zu holen, die ich später hinter die Bilder im Wohnzimmer stecken wollte, so wie Mum es immer gemacht hatte.

Auf dem kleinen Platz vor Snowbridge Manor drängten sich die Leute. Eltern waren mit ihren Kindern gekommen und stapften durch den Schnee, um Weihnachtsbäume auszusuchen, die ein rotgesichtiger Verkäufer mit Wollmütze und dicken Handschuhen durch eine Netzmaschine zog. Vor einer Punschbude standen ein paar Leute in dicken Jacken, die sich die Hände an ihren dampfenden Bechern wärmten und sich lachend unterhielten. Vor ihren Gesichtern stiegen kleine Atemwölkchen auf, so kalt war es. Die Stimmung war ausgelassen.

In Sichtweite des Manors zogen Kinder ihre Schlitten hinter sich her und rodelten unter Jubelschreien einen kleinen Hügel hinunter.

Es war wie jedes Jahr vor Weihnachten. Und es war ganz anders. Ich sah einen Moment sehnsüchtig zu den Tannenbäumen hinüber, dann riss ich mich zusammen und kaufte ein paar Tannenzweige. Was sollte ich als Ein-Personen-Haushalt mit einem Tannenbaum?

Der rotgesichtige Verkäufer schüttelte den Schnee von den Zweigen und wickelte sie in Zeitungspapier ein.

»*Merry Christmas, Miss!*«, sagte er und reichte mir das Bündel.

»Ja, Ihnen auch frohe Weihnachten.«

Ich warf einen letzten Blick auf die Tannenbäume, als ich jemanden aus dem Grün hervortreten sah. Ein Mann in blauer Jacke steuerte mit raschen Schritten auf mich zu.

»Hi, Emma«, sagte Dan. Er lächelte und schaute mich vergnügt an. »Wie es aussieht, laufen wir uns neuerdings jeden Tag über den Weg.«

»Die Welt ist klein«, entgegnete ich.

»Vor allem in Snowbridge. Sind Sie auch hier, um einen Weihnachtsbaum kaufen?«

»Nein«, sagte ich bedauernd und schwenkte mein Bündel Tannenzweige. »Dieses Jahr müssen die hier genügen. Ein ganzer Tannenbaum lohnt sich nicht für meine kleine Ein-Mann-Familie.« Es sollte witzig sein, aber ich hörte selbst, dass es ein bisschen traurig klang.

»Wie schade«, meinte er. »Eine so nette Frau wie Sie sollte keine Ein-Mann-Familie sein. Sind Sie sicher, dass Sie nicht doch eine Tanne wollen? Ich könnte mich anbieten, sie Ihnen nach Hause zu bringen.«

Ich musste lächeln. »Nein, nein, das passt schon«, sagte ich. »Aber danke für das Angebot.«

»Keine Ursache. Wir werden ewig in Ihrer Schuld stehen«, flachste er. »Kommen Sie morgen Abend?«

Ich nickte. »Ja, sicher. Ich habe Helen schon zugesagt.«

»Schön.« Er nickte und schien erfreut.

»Also dann …«, sagte ich, »werde ich jetzt mal in meinen Ein-Personen-Haushalt zurückkehren, bevor mir die Füße abfrieren.«

»Aber vorher trinken wir noch einen Punsch.« Er hakte sich bei mir unter und zog mich zu dem Holzhäuschen. »Was darf es sein, ein Mulled Wine, ein Eggnog oder ein Hot Toddy?«

»Na, wenn Sie mich schon so fragen, nehme ich einen Hot Toddy.«

Nachdem ich den ersten Schluck von dem heißen Honig-Whisky getrunken hatte, der nach Zimt und Nelken duftete, breitete sich eine wohlige Wärme in meinem Körper aus, die bis in die Fußspitzen reichte.

»Puh, das Zeug ist ganz schön stark«, meinte ich. »Aber verdammt gut.«

»Vertreibt Kälte, Kummer und Sorgen«, sagte Dan und prostete mir zu. »Auf dich, Emma!«

»*Cheerio!*« Wir stießen mit unseren Bechern an und tranken.

Dann schaute Dan mich ernst an. »Tut mir sehr leid übrigens. Ich habe das mit deiner Mutter erst jetzt mitbekommen. Ich meine, ich hatte schon von dem Unfall gehört, aber nicht realisiert, dass es *deine* Mutter war.«

»Da bist du wohl der Einzige in Snowbridge«, meinte ich.

»Ich war nicht hier, als der Unfall passierte. Helen hat's mir erzählt.«

»Kein Problem.« Ich tauchte meine Nase in den Becher mit dem Hot Toddy und nahm einen tiefen Schluck. »Du musst mich jetzt nicht auch noch bemitleiden, das macht die Sache nicht besser.«

»Ich weiß. Das möchte ich auch nicht. Aber darf ich dir einen Rat geben, Emma?« Seine Augen ruhten auf mir, und wieder hatte ich das Gefühl, ihn zu kennen.

»Wenn's sein muss.« Ich trank noch einen Schluck und spürte, wie mir der süße warme Whisky in die Glieder fuhr.

»Es gab mal eine Zeit in meinem Leben, da war ich ziemlich auf dem Tiefpunkt.«

»Ach ja?« Ich blickte überrascht auf. Ich hätte gedacht, dass bei Daniel Walsh immer alles fantastisch gelaufen war.

»Ja.« Er schwieg einen Moment. »Ich will dich nicht mit Einzelheiten langweilen, Emma, aber nur so viel: Wenn man in einer schlimmen Situation ist, kann man sich einfach nicht vorstellen, dass es jemals besser wird, und dadurch wird alles noch schlimmer.«

Ich nickte und trank. Das kannte ich nur zu gut.

»Aber weißt du, was einem wirklich hilft?« Er stellte seinen Becher ab und sah mich eindringlich an. »Versuch dir mal vorzustellen, was in drei Jahren ist. Frag dich, ob dein Problem oder dein Kummer in drei Jahren noch derselbe sein wird! In drei Jahren wirst du auf diese schlimme Zeit zurückschauen, die dir so den Boden unter den Füßen weggezogen hat, und die Dinge werden sich alle verändert haben. Weil diese Zeit, die dir gerade so zu schaffen macht, vorbei sein wird.« Er lächelte. »Mir hat das damals ein Mann gesagt, der mehr als drei Mal so alt war wie ich, mein Großvater, und es hat mir sehr geholfen. Vielleicht hilft es dir ja auch.«

Ich nickte gerührt. Mit einem Mal war unser scherzhaftes Geplänkel in ein ernsthaftes Gespräch übergegangen, und Daniel schien mir vertrauter denn je. Ich trank meinen Becher in einem Zug aus.

»Darf dich auch mal etwas fragen, Dan?«, fragte ich dann, ermutigt vom Alkohol.

»Alles, was du willst, Emma.«

»Es klingt vielleicht sonderbar, aber seit wir uns das erste Mal gesehen haben, habe ich das Gefühl, dich zu kennen.« Ich lachte verlegen, weil er mich einfach nur weiter ansah, ohne etwas zu sagen. »Ich meine, das ist jetzt kein blöder Anmachspruch von wegen ›Haben wir uns nicht schon mal gesehen?‹ oder so. Ich schau dir in die Augen, und dann weiß ich, dass ich diese Augen schon mal gesehen habe. Aber ich kenne keinen Daniel Walsh. Ich habe mir schon das Hirn zermartert. Und doch meine ich dich von irgendwoher zu kennen. Es kommt mir vor, als hätte ich mit dir … etwas erlebt.« Es klang selbst in meinen eigenen Ohren ziemlich verworren, und wahrscheinlich hielt er mich jetzt für übergeschnappt. Oder für betrunken. Oder für beides. »Ich meine, wenn ich jemals einem gutaussehenden Typen wie dir über den Weg gelaufen wäre, würde ich das doch wissen, oder?«, fuhr ich fort. »Wenn ich …«

»Emma«, unterbrach er mich. »Wir kennen uns.«

»Was?!«, rief ich. »Wir kennen uns? Und du sagst kein Wort? Wie bescheuert ist das denn?«

»Ich war mir nicht sicher, ob das eine gute Idee ist. Ich dachte, du weißt sowieso nicht mehr, wer ich bin. Das alles ist lange her, und ich habe damals genug gelitten. Ich dachte, es wäre besser, die ganze Sache auf sich beruhen zu lassen.«

»Welche Sache?« Ich verstand kein Wort. »Dan«, wiederholte ich. »Hör auf, in Rätseln zu sprechen. »Woher kennen wir uns?«

»Komm mit«, sagte er. »Ich zeige es dir.«

Er packte das Bündel mit den Tannenzweigen und ging mit großen Schritten über die Wiese zur anderen Seite des Parks, und ich lief mit meinen Tüten hinter ihm her.

Auf der alten Steinbrücke blieb er endlich stehen. Atemlos stellte ich mich neben ihn. Wir schauten über den zugefrorenen Bach, auf dem weiter hinten ein paar Kinder Schlittschuh liefen.

»Und jetzt?«, fragte ich verwirrt. »Was soll das, Daniel, mach es nicht so spannend.«

Er starrte geradeaus, und ich sah, wie sich sein Blick am Horizont verlor.

»Erinnerst du dich wirklich nicht?« Er presste die Lippen kurz zusammen, dann lachte er leise. »Ich denke jedes Mal daran, wenn ich über diese Brücke gehe.«

»Nein!«, rief ich aus. »Was ist denn hier mit uns gewesen?«

»Genau an dieser Stelle hast du mir einmal das Leben gerettet, Emma Bloom.« Er drehte sich zu mir, und seine dunklen Augen waren plötzlich so nah, dass ich glaubte hineinzustürzen und durch die Zeit zu fallen. »Dem kleinen dicken Jungen, der sich fatalerweise in das schönste Mädchen der Klasse verliebt hatte. Nur dass mich damals keiner Daniel nannte.« Er stieß sich vom Geländer ab und warf mir einen Blick zu, der schwer zu deuten war. »Wenn's dir wieder einfällt, kannst du mir ja Bescheid sagen. Ich muss los.«

Mit diesen Worten stapfte er rasch ausschreitend davon und winkte mit der Hand über seinem Kopf.

Ich blickte ihm nach, bis er hinter einer Wegbiegung verschwand. Dann ließ ich mich mit den Unterarmen auf die steinerne Brüstung sinken und starrte auf den zugefrorenen Bach unter mir.

»Teddy?«, flüsterte ich entgeistert.

Und mit einem Mal wusste ich, warum mir Daniel Walsh so bekannt vorgekommen war.

9

In meinem zweiten Jahr in der Secondary School – ich muss damals etwa zwölf Jahre alt gewesen sein – kam ein Junge in unsere Klasse, der vorher in Brighton zur Schule gegangen war. Er war auf drollige Weise tapsig und ein bisschen zu dick, und mit seinen großen dunklen Augen und den braunen Haaren hatte er etwas von einem Teddybären, weswegen alle ihn nur Teddy nannten. Mit Sicherheit hatte unsere Klassenlehrerin, Miss Buckman, ihn am Anfang mit seinem richtigen Namen vorgestellt, doch dieser geriet schnell in Vergessenheit. Nach kurzer Zeit hieß der neue Schüler aus Brighton nur noch Teddy, selbst die Lehrer nannten ihn so.

Teddy war kein schlechter Schüler, aber ein bisschen verträumt, manchmal starrte er gedankenverloren aus dem Fenster oder kritzelte kleine Zeichnungen in seine Schulhefte, und oft genug wurde er von Miss Buckman ermahnt, besser aufzupassen.

»Hier spielt die Musik, Teddy«, sagte sie dann, stellte sich vor ihn hin und ließ ein Lineal auf sein Pult klatschen. »Was habe ich gerade gesagt?«

»Äh …«, sagte Teddy und sah sie verdutzt aus seinen blanken Augen an. »Dass die Musik hier spielt?«

Er lächelte freimütig, und keiner konnte sagen, ob er es wirklich so meinte oder einen Witz machte.

Alle lachten, und Miss Buckman wuschelte ihm seufzend über den braunen Haarschopf. »Aufwachen, mein Freund!«, sagte sie streng und konnte sich dennoch ein Schmunzeln nicht verkneifen.

Die Sache war nämlich die: Man konnte Teddy nicht lange böse sein. Er sah einen an, mit seinem entwaffnenden Lächeln, und der Ärger verflog im Nu.

Teddy hatte neben dem üppigen Lunchpaket, das ihm seine Oma jeden Tag mitgab, in seinem Schulranzen immer jede Menge Crunchie-Riegel. Er liebte diese Schokoladenriegel von Cadbury und teilte sie großzügig mit den anderen.

Man erzählte sich, dass seine Eltern sich getrennt hatten, weswegen er mit seiner Mutter nach Snowbridge zu seiner Oma gezogen war. Aber das interessierte uns Schüler nicht besonders.

In der Pause stand Teddy meistens in einer Ecke auf dem Schulhof, futterte seine Brote und sah zu, wie wir anderen herumtobten. Er schrieb ganz passable Noten und hatte eine erstaunlich helle, klare Stimme, weswegen die Musiklehrerin von ihm begeistert war. Im Schulchor sang er oft den Solopart, aber beim Dodgeball war der tapsige Teddy immer der Letzte, der gewählt wurde. Mit anderen Worten: Er hatte keinen leichten Stand, denn in diesem Alter sind die sportlichen Jungs die Helden der Klasse.

Ich hatte damals nicht viele Berührungspunkte mit Teddy, der ein paar Reihen hinter mir saß und manchmal mit Papierkügelchen nach mir warf. Ich liebte Ballspiele, war gut im Turnen und rannte den Jungs beim Hundert-Meter-Lauf davon. Ich war das, was der Sportlehrer ein »Bewegungstalent«, nannte, und ich fühlte mich sehr wohl in meiner Entourage von Freundinnen, die mich für meinen Wagemut bewunderten und mit mir auf der karierten Decke saßen, wenn ich wieder mal einen Schul-Flohmarkt organisierte. Die Schule machte mir Spaß, und zwei Zwillingsbrüder – Timmy und Jason –, die mit ihren blonden Haaren und den himmelblauen Augen die Stars der Klasse waren, warben um meine Gunst und luden mich abwechselnd in die Eisdiele ein, was ich dann später in aller Ausführlichkeit mit meinen kichernden Freundinnen besprach. Der kleine dicke Junge interessierte mich nicht.

Nur bei meinen Aufsätzen ließ ich mich manchmal von Teddy beraten, denn er hatte viel Fantasie und dachte sich immer originelle Geschichten aus, mit denen er mich zum Lachen brachte. Wenn wir dann mit baumelnden Beinen auf dem Schulmäuerchen in der Nachmittagssonne saßen und redeten, hielt er mir immer einen seiner geliebten Crunchies entgegen, und ich nahm ihn huldvoll an. Dann wickelten wir beide andächtig die Schokoladenriegel aus dem Papier und aßen genüsslich und in einvernehmlichem Schweigen den mit Schokolade umhüllten Honig-Karamell-Riegel, der bei jedem Bissen leise krachte, sich im Mund sofort auflöste und so herrlich am Gaumen klebte.

Damit erschöpften sich unsere Gemeinsamkeiten aber auch schon, zumindest von meiner Seite.

Nur ein Geheimnis gab es, das wir miteinander teilten.

Fröstelnd stand ich mitten auf der alten Brücke und ließ meinen Blick über die Eisfläche schweifen, wo immer noch die Schlittschuhläufer ihre Bahnen zogen.

Hier, genau an dieser Brücke, die sich in einem Halbbogen über den Bach spannte, war damals das Unglück passiert. Ein Unglück, an dem ich in gewisser Weise nicht ganz unbeteiligt gewesen war. Erst im Rückblick wurde mir klar, wie gefährlich die ganze Situation gewesen war, und als ich daran dachte, wie anders alles hätte ausgehen können, war mir ein bisschen mulmig zumute.

Eine kleine Schlittschuhläuferin fiel in der Ferne auf die Nase, und ich musste wieder daran denken, wie Teddy damals mit seinen neuen Schlittschuhen auf das Eis gekommen war.

Es war ein kalter sonniger Tag im Januar gewesen, und ich hatte mich mit ein paar Mitschülern zum Schlittschuhlaufen verabredet. Ich glitt gewandt übers Eis, drehte mich und fuhr rückwärts weiter, etwas, worum mich die anderen glühend beneideten, als mir Teddy ins Gehege kam, der etwas unbeholfen und mit den Armen rudernd auf dem Eis herumschlingerte. Wir prallten gegeneinander und fielen zu Boden, taten uns aber nicht wirklich weh, und ich schrie lachend: »He, du Tollpatsch, kannst du nicht aufpassen?!«

Dann rappelten wir uns wieder auf, und Teddy fragte mich, ob ich ihm das Schlittschuhlaufen beibringen könnte, und weil es mir an diesem Tag Spaß machte, die Lehrerin zu spielen, nahm ich ihn an den Händen, erklärte ihm die Schritte und zog ihn rückwärtsfahrend mit mir. Schon bald hörte er auf, sich zu verkrampfen – denn das ist das Dümmste, was man beim Schlittschuhlaufen machen kann –, er glitt mit mir übers Eis, seine Schritte wurden länger und mutiger, er lächelte mich glücklich an, und irgendwann ließ ich ihn los, und er lief allein weiter. Ich will nicht behaupten, dass Teddy ein Naturtalent war, aber er machte seine Sache ziemlich gut.

An diesem Nachmittag hatte er seine Sternstunde, er konnte gar nicht genug bekommen, und wenn er mit feuerroten Wangen in seinem blauen Anorak an mir und den anderen vorbeisauste, rief er stolz: »Schau her, Emma!« Und dann bremste er mit einem kühnen Schwung ab, so wie ich es ihm gezeigt hatte. Beim Gleiten auf dem Eis spielte das

Gewicht plötzlich keine Rolle mehr, wie sonst beim Sport, wenn Teddy schnaufend um den Platz lief und immer als Letzter ins Ziel kam. Mühelos und mit ungewohnter Leichtigkeit glitt er auf seinen neuen Schlittschuhen über den zugefrorenen Bach. Es muss für ihn eine berauschende Erfahrung gewesen sein.

Als es anfing zu dämmern, machten sich die anderen auf den Heimweg, sie hatten genug. Nur Teddy blieb noch da, unermüdlich fuhr er weiter, und so kratzten wir mit fliegenden Schals auf unseren Kufen übers Eis, bis er mich tatsächlich einmal überholte.

»Haha, Emma, schau mal, ich bin schneller als du!«, schrie er, und weil er mir ein bisschen zu übermütig wurde, forderte ich ihn zu einer Mutprobe auf.

»Angeber!«, rief ich zurück. »Ich wette, du traust dich nicht, unter der Brücke herzufahren?!«, stachelte ich ihn auf, obwohl Dad mich oft genug davor gewarnt hatte, dass das Eis unter Brücken oft nicht so tragfähig sei wie auf dem übrigen Eis. Doch ich war eine geübte Schlittschuhläuferin. Der Trick war einfach, dass man mit einem irren Tempo unter der Brücke durchsausen musste, damit das Eis einen trug.

»Wenn du dich traust, trau ich mich auch«, schrie Teddy und lachte ausgelassen. Sein Größenwahn kannte an diesem Nachmittag keine Grenzen.

Ich würde ihm schon zeigen, wer von uns die Meisterin war. »Klar trau ich mich!« Ich nahm Anlauf und fuhr auf die dunkle Öffnung zu, und während ich mit eingezogenem Kopf in schnellem Tempo unter der Brücke durchglitt, knirschte es leise, und das Wasser, das sich über der Eisschicht angesammelt hatte, spritzte auf.

»Jetzt du!«, rief ich von der anderen Seite der Brücke und sah zu Teddy hinüber, der als kleine Silhouette in einigem Abstand auf dem zugefrorenen Bach stand und zu zögern schien.

»Was ist?«, rief ich. »Hast du etwa Angst?«

»Nein, hab ich nicht.« Er wackelte unschlüssig mit einem Schlittschuh hin und her.

»Dann komm!«, drängte ich. »Aber zieh den Kopf ein.«

»Ich komme«, rief er und stellte sich in Position. »Pass gut auf, Emma!«

Er nahm Anlauf und glitt mit weiten Schwüngen den zugefrorenen Bach entlang, bis er unter der Brücke verschwand.

Was dann passierte, konnte am Ende keiner von uns so genau sagen. Vielleicht war Teddy mit seinen Kufen irgendwo hängen geblieben, vielleicht war er doch einfach zu schwer für die dünne Eisschicht gewesen, jedenfalls gab es ein entsetzliches, krachendes Geräusch, ich hörte seinen erstaunten Aufschrei, und dann brach Teddy ins Eis ein und verschwand.

»Teddy?« Ich fuhr näher und spähte in die dunkle Höhlung unter der Brücke. »Teddy!!!« Mein Herz hämmerte wie wild, als er prustend an der Oberfläche auftauchte und sich mit den Handschuhen ans Eis klammerte. »Hilfe!«, japste er. »Hilfe!«

Panisch versuchte er sich hochzustemmen, doch das Eis brach unter seinen Händen weg.

»Oh, mein Gott! Teddy!«, rief ich. »Bleib ganz ruhig. Ich komme. Ich komme.«

Er ruderte mit den Händen und sank wieder ein bisschen ins Eisloch zurück. »Ich krieg keine Luft mehr, es ist eiskalt«, schrie er.

»Warte, bleib ganz ruhig«, rief ich und überlegte fieberhaft, was ich tun sollte, während Teddys Rufe unter der Brücke immer kläglicher wurden. Ich hatte mit Dad mal einen Film gesehen, in dem ein Junge auf einem zugefrorenen See eingebrochen war. Ich wusste, dass es zu gefährlich war, noch näher heranzukommen, dann würde ich selbst einbrechen. Der Vater in dem Film hatte ein Holzbrett über das Eis gelegt, doch hier waren keine Bretter. Ich sah mich verzweifelt um. Dann riss ich mir meinen dicken Schal herunter, legte mich auf den Bauch und robbte an die Brücke heran, bis ich Teddy den Schal zuwerfen konnte. Beim ersten Mal griff er daneben, doch dann bekam er das Ende meines blauen Wollschals zu fassen. Ich hoffte, dass er halten würde, als ich Teddy jetzt langsam daran aus dem Loch zog. Der Schal spannte sich wie ein Seil, meine Arme schmerzten vor Anstrengung, und Teddy, der in seiner Angst übermenschliche Kräfte entwickelte, schaffte es, seinen Oberkörper auf das Eis zu hieven.

»Gut so, du schaffst es«, schrie ich und zog weiter und weiter, und in dem Moment, als die Fasern nachgaben und der Schal zerriss, lag Teddy bäuchlings auf dem Eis, zog die Beine unter sich wie eine Krabbe und versuchte sich keuchend aufzurichten.

»Nein, nicht!«, sagte ich. »Du musst liegen bleiben, sonst brichst du wieder ein.« Ich zog meine Handschuhe aus und streckte ihm meine Hände entgegen, um ihn besser packen zu können, und er robbte langsam auf mich zu, bis unsere Finger sich ineinander verschränkten, und wir eine Ewigkeit lang liegen blieben, die Gesichter ganz nah voreinander, mit hämmernden Herzen, und uns atemlos in die Augen schauten.

Wir sahen uns einfach nur an, so, als ob wir auf dem Eis festgefroren wären, so, als ob wir nie mehr aufstehen würden, und ich sah direkt in seine Augen, die in dem rundlichen blassen Gesicht übergroß erschienen, ich sah seine langen dunklen Wimpern, an denen Eiskristalle klebten, und die nassen Haare, die ihm in die Stirn fielen.

»Mensch, Teddy!«, sagte ich dann. »Was machst du denn, du Blödmann?«

»Keine Ahnung, was passiert ist«, gab er mit klappernden Zähnen zurück. »Aber siehst du, ich hab's gemacht!« Er sah mich stolz an, und ich bekam ein schlechtes Gewissen.

»Ja, das hast du«, sagte ich. »Aber mach es besser nicht noch mal.«

Vorsichtig rutschten wir ans Ufer zurück, kletterten die Böschung hoch und ließen uns dann mit einem hysterischen Lachen auf die schneebedeckte Wiese fallen. Ich glaube, wir waren ein bisschen übergeschnappt vor Schreck und Erleichterung.

»Was für ein Abenteuer«, rief Teddy, der wieder aufgesprungen war. Er schlotterte vor Kälte und warf die Arme um sich. »Verdammt, ist das kalt!«

»Lass uns gehen«, sagte ich. Auch mir war kalt, aber sicher nicht so kalt wie dem armen Teddy. »Du musst in die heiße Badewanne, sonst wirst du eine Unterkühlung bekommen.« Auch das wusste ich aus dem Film, den ich mit Dad gesehen hatte.

»Meine Mum darf das nie erfahren«, beschwor mich Teddy. »Und meine Granny schon gar nicht. Sonst lassen die mich nie mehr weg.«

»Ja, schon gut, ich erzähle nichts«, gab ich zurück. Auch mir war nicht daran gelegen, dass jemand von der Sache erfuhr, denn dann wäre ja herausgekommen, dass ich Teddy dazu animiert hatte, unter der Brücke herzufahren.

»Schwör bei deinem Leben, dass du das keinem erzählst«, sagte er noch einmal und blieb stehen. »Auch nicht deinen Freundinnen oder den Baker-Zwillingen. Keinem, hörst du? Das ist jetzt unser Geheimnis.«

»Ich schwör's!« Ich hob die Hand. »Nun komm endlich.«

Es war schon dunkel, als wir den Park verließen. Vorsichtshalber begleitete ich Teddy nach Hause, und es gelang ihm, unbemerkt durch die Hintertür ins Haus zu schlüpfen, weil seine Oma in der Küche etwas kochte und seine Mutter eine Serie im Fernsehen anschaute.

Bevor er hineinging, drehte er sich noch einmal zu mir um und schlang dann etwas unbeholfen die Arme um mich.

»Du hast mir das Leben gerettet, Emma«, sagte er feierlich. »Wir sind jetzt für immer Freunde, oder?«

»Klar«, sagte ich etwas unbehaglich.

Er sah mich mit seinen treuen Teddy-Augen an.

»Danke, Emma!«

Bei jedem anderen Jungen, den ich auf solch spektakuläre Weise und ohne fremde Hilfe aus dem Eis gerettet hätte, hätte ich mich als Heldin feiern lassen. Doch in diesem Fall kam ich nicht in Versuchung, irgendjemandem von dem Vorfall an der Brücke zu erzählen. Sicher, ich hatte es geschworen, und für Kinder wiegt ein Schwur schwerer als für so manchen Erwachsenen. Aber gleichzeitig schämte ich mich auch ein wenig, weil mir schon klar war, dass ich in dieser ganzen Geschichte keine so rühmliche Rolle gespielt hatte.

Teddy schien das anders zu sehen. Er maß der Tatsache, dass ich ihn gerettet hatte, offenbar eine riesige Bedeutung bei. Aus Dankbarkeit brachte er mir kleine Geschenke mit, zeichnete eine lustige Bildergeschichte für mich, die ich in den hintersten Winkel meiner Schublade stopfte, und macht sich auf die ein oder andere Weise nützlich. Wenn wir uns auf der Straße begegneten, nickte er mir verschwörerisch zu. Und wenn ich auf dem Schulhof mit meinen Freundinnen oder den Baker-Zwillingen zusammenstand, lehnte er in seiner Ecke und sah mich mit langen Blicken an.

Mir war seine stille Ergebenheit eher unangenehm, ich sah darüber hinweg, und bald schon bemerkte ich sie gar nicht mehr. Und als wir am Ende des Schuljahrs in die Ferien gingen, und Teddy kurz darauf wieder mit seiner Mutter nach Brighton zurückzog, verloren wir uns gänzlich aus den Augen, und ich vergaß diesen unglückseligen Nachmittag im Januar, weil ich ihn vergessen wollte. Ich hatte alles in den hintersten Winkel meines Gehirns gestopft wie damals die kleine Bildergeschichte, die wohl noch immer in der Schublade meines alten Schreibtischs lag, und ich hätte sicher niemals mehr an diesen Vorfall gedacht, wenn ich nicht Jahre später unversehens in die Augen dieses Jungen geschaut hätte, der inzwischen ein attraktiver Mann geworden war, ein Anwalt der Krone mit einer bildhübschen Frau und einer süßen Tochter.

Ich war einigermaßen fassungslos.

»Das gibt's ja nicht«, murmelte ich, als ich mich jetzt aufrichtete und von der Steinbrüstung löste. Die Kälte kroch in meine Kleidung wie vor zwanzig Jahren, und es wollte mir einfach nicht in den Kopf, dass eine solche Veränderung möglich war.

Der Teddy von damals war der Daniel von heute.

»Unglaublich«, wiederholte ich noch einmal, und während ich den gleichen Weg entlangging, den Dan eben genommen hatte, fragte ich mich plötzlich, was er wohl damit gemeint hatte, als er sagte, er habe damals »genug gelitten«.

Und als mir jetzt all seine kleinen Aufmerksamkeiten und die wartenden Blicke einfielen, seine Crunchie-Riegel, die er mir anbot, und die kleine Bildergeschichte, die er für mich gezeichnet hatte, ahnte ich, dass er damit sicher nicht sein Einbrechen ins Eis gemeint hatte.

Er hatte mich gemeint.

Ich stapfte weiter, und meine Wangen brannten.

Welche Ironie des Schicksals!

Heute hätte mir der Junge mit den seelenvollen Augen gut gefallen, doch das spielte jetzt keine Rolle mehr.

Daniel Walsh hatte jemand anderen gefunden, den er lieben konnte, und ich war leider aus dem Spiel.

10

An diesem Abend blieb ich noch lange auf. Ich holte mir das alte Schulalbum aus der Kiste vom Speicher, setzte mich mit einem Schinken-Sandwich vor den Kamin, und sah mir die Klassenfotos der Secondary School noch einmal an.

Aufmerksam blätterte ich Seite für Seite durch und suchte nach dem Jungen, den ich aus dem Eis gerettet hatte.

Dann fand ich endlich das Klassenfoto aus dem zweiten Schuljahr der Secondary School. Wir mit Miss Buckman, draußen auf dem Schulhof unter ein paar Bäumen, in unserer blauen Schuluniform, nach Größe aufgestellt.

In der hintersten Reihe entdeckte ich Timmy und Jason, die Baker-Zwillinge, in der Reihe davor sah ich mich selbst zwischen Celia, Caroline und Melissa stehen – damals meine Busenfreundinnen – mit langen braunen Haaren und strahlendem Blick, und ganz vorne saßen die Kleinen im Schneidersitz und schauten mit einem breiten Grinsen in die Kamera.

Teddy hockte genau vor mir. Er hatte die Beine gekreuzt und die Hände auf den Knien abgestützt.

Sein dunkler Haarschopf war an der Seite gescheitelt. Ein hübscher, etwas pummeliger Junge mit freimütigem Blick.

Seufzend klappte ich das Album zu, und Cooper, der neben mir saß, winselte leise und legte dann wieder seinen Kopf auf die Pfoten. Ich nahm meinen Teller und ließ mich ins Sofa zurücksinken. Was für ein seltsamer Tag, dachte ich, während ich mein Sandwich aß und über die Launen des Schicksals nachdachte.

Das Feuer prasselte im Kamin. Ich starrte in die Flammen, und die Bilder von damals stiegen vor mir auf. Der erste Schultag nach den Sommerferien, als Teddy in unsere Klasse gekommen war. Miss Buckman, die ihre Hände auf seine Schultern legte und sagte: »Und das ist euer neuer Mitschüler Daniel. Er kommt aus Brighton.«

Gedankenverloren stellte ich den Teller zurück, legte mich aufs Sofa und kuschelte mich in Mums alte Decke. War Teddy in seiner Zeit auf der Secondary School jemals bei mir zu Hause gewesen? Ich konnte mich nicht daran erinnern. Mag sein, dass er mich nach der Schule manchmal hoffnungsvoll in die Primrose Lane begleitet hatte, aber ich hatte ihn nie hereingebeten. Nachdenklich kraulte ich Cooper das Fell, während meine Gedanken wieder zu dem Abend wanderten, als ich den rosa Stoffhasen in die Abbington Lane gebracht hatte.

Wie Dan plötzlich im Türrahmen aufgetaucht war und mich mit diesem seltsamen Blick gemustert hatte, den ich nicht zu deuten wusste. Er wirkte irgendwie verblüfft, das war mir schon da aufgefallen, aber ich hatte natürlich angenommen, es läge daran, dass er sich die Stoffhasenfinderin vom Telefon einfach ganz anders vorgestellt hatte. Und damit hatte ich in gewisser Weise ja auch recht gehabt. Daniel Walsh hatte sicher nicht im Traum daran gedacht, seine Mitschülerin von damals wiederzusehen.

Doch im Gegensatz zu mir hatte er mich gleich erkannt. Er musste mich erkannt haben. Die Emma von damals hatte sich nicht so grundlegend verändert. Nicht so grundlegend wie er jedenfalls. Deswegen hatte er meinen Namen auch so merkwürdig betont, das hatte ich mir nicht eingebildet. Sein abwartender Blick, dieses verhaltene Grinsen. Jetzt war mir alles klar.

Was machte man, wenn man unerwartet seiner Vergangenheit begegnete? Einer Vergangenheit, die schmerzlich gewesen war, die man hinter sich gelassen hatte und an die man sich vielleicht nicht so gern erinnerte. Daniel war nicht mehr Teddy, der tollpatschige Junge von damals, der von den anderen Mitschülern belächelt wurde. Er hatte mich angeblickt und gewartet, ob ich mich an ihn erinnerte. Und als das nicht der Fall war, hatte er keine Veranlassung gesehen, sich zu erkennen zu geben und die peinlichsten Momente seines Lebens heraufzubeschwören. Bis zu dem Augenblick, als ich ihn, beflügelt vom Punsch, gefragt hatte, ob wir uns schon einmal begegnet waren.

Ich hörte einen Moment auf, Coopers Fell zu streicheln.

Aber wenn Daniel mit der Vergangenheit abgeschlossen hatte und nun sein neues Leben führte, überlegte ich weiter, warum flachste er dann mit mir herum, wann immer wir uns trafen? Oder hatte ich das alles missverstanden, und er wollte einfach nur freundlich sein?

Ich lächelte in einem Anfall von Nostalgie. Den Teddy, der damals so unbeholfen seine Arme um mich gelegt hatte, gab es nicht mehr. Inzwischen war er ein erwachsener Mann mit einem äußerst gewinnenden Lächeln. Er hatte einfach diese freundliche, lässige Art. Das war nichts, was ich hätte persönlich nehmen sollen.

Seufzend streichelte ich Cooper weiter. Wahrscheinlich war ich einfach schon so entwöhnt, dass ich jedes nette Wort aufsog wie ein Schwamm und fälschlicherweise als Annäherungsversuch auffasste. Aber warum, *warum* hatte Dan mir dann einen Präsentkorb aus dem Feinkostladen vorbeigebracht, in dem ein *Cadbury-Riegel* steckte? Ich konnte mich jedenfalls nicht erinnern, dass in dem vollgestopften Delikatessenladen, der französische Spezialitäten führte, so etwas Banales wie Crunchies verkauft wurden, die man an jeder Tankstelle bekam. Also hatte er den Riegel offenbar extra dazu gelegt. Das war seltsam. Hatte er mich damit auf eine Spur bringen wollen? Wollte er meine Erinnerung testen? Aber was sollte das alles, wo er doch so offensichtlich glücklich verheiratet war und die Zeit von damals längst hinter sich gelassen hatte? Wir hatten keine Vergangenheit gehabt, und wir würden auch keine Zukunft haben.

Ich warf die Decke zurück, ging in die Küche hinüber und wühlte in den Schränken, bis ich den Cadbury-Riegel fand. Und als ich mich wieder aufs Sofa setzte, wickelte ich ihn nachdenklich aus dem Papier, biss ein Stück ab und dachte an all die sonnigen Nachmittage, in denen ich mit Teddy auf dem alten Steinmäuerchen gesessen hatte.

Bevor ich zu Bett ging, zog ich die Schublade meines Schreibtischs auf, der so viele Jahre unberührt in meinem alten Kinderzimmer gestanden hatte. Sie klemmte ein bisschen, und ich rüttelte daran herum, und schließlich gelang es mir, sie zu öffnen.

Zwischen vollgeschriebenen Karteikarten, altem Briefpapier, Postkarten, Füllern, Fotos und abgenutzten Radiergummis fand ich ganz hinten die kleine Bildergeschichte. Ich zog sie vorsichtig heraus und strich sie glatt. Die Blätter waren in der Mitte gefaltet und mit zwei einfachen Klammern zusammengeheftet worden, und ich schaute mir gerührt die lustigen Strichzeichnungen auf den einzelnen Bildern an.

Sie zeigten immer dieselben Personen – einen Jungen und ein Mädchen, die gemeinsam in ein Buch schauten, auf einer Mauer hockten und klebrige Schokoladenriegel aßen, lachend durch einen Bach wateten, im Park neben einem Plattenspieler einen komischen kleinen Tanz aufführten, in der Eisdiele riesige Eisbecher aßen, auf einer karierten Decke nebeneinander in der Sonne dösten, einen Tee zusammen tranken, im Kino gespannt einen Film anschauten, mit einem Propellerflugzeug über die Cotswolds flogen, einen Christmas-Cracker auseinanderzogen oder auf einer Party mit spitzen Papierhütchen auf dem Kopf *Should old acquaintance be forgot* sangen.

Das letzte Bild zeigte die beiden Hand in Hand an einer einsamen Bucht, über der ein riesiger Mond stand. Sie schauten aufs Meer, und über ihren Händen schwebte ein winziges rotes Herz.

Ich klappte das Heftchen zu.

Für Emma, stand auf dem Deckblatt. Und darunter:

Dinge, die ich gern mit dir machen würde.

Den ganzen Freitag über war ich in einer merkwürdigen Verfassung. Ich hatte unruhig geschlafen und war mit gemischten Gefühlen aufgewacht. Einerseits freute ich mich auf den Abend bei den Walshs, andererseits war ich mir nicht sicher, wie ich Daniel begegnen sollte.

»Wenn's dir wieder einfällt, kannst du mir ja Bescheid sagen«, hatte er mir zugerufen, als er mich an der Brücke stehengelassen hatte. Und nun, da mir alles wieder eingefallen war, wühlte mich die ganze Sache ziemlich auf.

Wie sollte ich mich Daniel gegenüber verhalten, wenn ich ihn sah? Sollte ich überhaupt in die Abbington Lane gehen? Hatte er Helen etwas von uns erzählt?

Ich schwankte zwischen Aufregung und unguten Vorahnungen. Ich zog mein rotes Seidenkleid aus dem Schrank und probierte es vor dem Spiegel, dann wieder hielt ich das Telefon in der Hand, um Helen unter irgendeinem Vorwand abzusagen.

Am Nachmittag stand plötzlich Harry vor der Tür und wollte wissen, ob ich Lust hätte, am Abend mit ihm in den Pub zu gehen.

»Ich muss mal raus. Die Kinder meiner Schwester hängen ständig an mir dran. Nicht mal ausschlafen kann man mehr. Kommst du mit ins *Rose & Crown?*«, fragte er hoffnungsvoll.

»Heute Abend geht es nicht, da bin ich eingeladen.«

Ich strich mir nervös über die Haare, und er musterte mich neugierig.

»Was ist los? Du siehst so hübsch aus. Hast du ein Date? Wer ist der Schurke? Können wir es sportlich austragen?«

Er machte einen spielerischen Ausfallschritt und stellte sich mit erhobenen Fäusten in Position, und ich schüttelte den Kopf und musste lachen. Harry wusste nicht, wie falsch er lag. Von einem Date war ich meilenweit entfernt.

»Nein, kein Date«, gab ich zurück. »Ich bin nur bei den Walshs eingeladen.«

»Wer sind die Walshs?«, bohrte er nach.

»Ach, Harry, einfach nur Bekannte ... Nachbarn. Sie wohnen in der Abbington Lane, und ich habe mich ein bisschen mit der Frau angefreundet.«

»Hmm«, machte er. »Und dafür schlägst du einen Abend mit mir aus?«

Ich lächelte. »Wir gehen ein anderes Mal ins *Rose & Crown*, okay? Vielleicht am Boxing Day.«

»Also gut«, seufzte er. »Ich sehe schon, heute Abend ist nichts zu reißen.« Dann zog er eine Blechdose aus seiner Tasche. »Die schickt dir meine Mum. Mince Pies. Hat sie gestern noch gemacht.«

»Danke.« Ich nahm die Dose. Ich wurde wirklich gut versorgt. »Bitte bestell deiner Mutter einen ganz lieben Gruß von mir.«

Er nickte. »Mach ich. Sie sagt, ihr Angebot steht noch. Wenn du also an Weihnachten doch zu uns kommen willst, haben wir noch ein Plätzchen am

Kamin für dich frei …« Er hob die Schultern und grinste. »Ich könnte ehrlich gesagt auch ein bisschen Unterstützung gebrauchen.«

»Das ist wirklich nett, aber ich bleibe lieber hier bei mir zu Hause. Wir sehen uns dann am zweiten Weihnachtstag.«

»Na schön. Lass mich nur im Stich.« Er legte eine Hand an den Türrahmen und sah mich an. »Möchtest du mich wenigstens auf einen Tee einladen, Emma? Jetzt, wo wir schon die Mince Pies haben …«

»Nein, möchte ich nicht«, entgegnete ich lachend. »Ich muss jetzt wirklich los.«

»Ja. Zu den *Walshs*«, sagte er gedehnt und musterte meine Strumpfhosen mit den kleinen roten Beeren und den grünen Blättern, die in dunkelroten Lackschuhen endeten.

»Genau.« Ich schloss die Tür und lehnte mich einen Moment aufatmend dagegen.

Eine halbe Stunde später trat ich aus dem Haus, schaufelte den Schnee von der Windschutzscheibe meines alten Toyotas, und machte mich auf den Weg in die Abbington Lane.

Das Haus der Walshs war hell erleuchtet, und als ich klingelte, riss Lilli die Tür auf. Sie hatte wie ich ein rotes Kleid an und trug ein Rentiergeweih aus Filz in ihren blonden Haaren.

»Emma!«, rief sie aufgeregt, und die kleinen Lichter an ihrem Rentierreif blinkten. »Komm rein, es sind schon fast alle da.«

Sie fasste mich an der Hand und zog mich in den Eingangsflur, wo an einer geöffneten Flügeltür einige Gäste standen. Ich legte meinen Mantel und die Tüte mit den Geschenken ab, drückte Lilli das Bilderbuch in die Hand, das sie mit einem Jubelschrei entgegennahm, und folgte ihr dann ins Wohnzimmer, aus dem mir ein munteres Stimmengewirr entgegenschlug. Die Menschen drängten sich in dem länglichen Raum mit den bodentiefen Gartenfenstern und standen mit einem Champagner, Sherry oder Whisky in Grüppchen zusammen. An der hinteren Wand war unter zwei farbenfrohen Drucken von David Hockney ein Buffet aufgebaut, auf dem sich kleine Häppchen auf silbernen Tellern und Étagèren türmten.

Ich zog erstaunt die Augenbrauen hoch. Das hier sah eher nach einer vorgezogenen Weihnachtsparty aus als nach der kleinen Zusammenkunft, von der Helen am Telefon gesprochen hatte. Irgendjemand kam mit einem Tablett vorbei, und ich nahm mir einen Champagner und schlenderte angelegentlich durch die schwatzenden und lachenden Gäste, von denen die meisten lustige Weihnachtspullover oder rote Zipfelmützen trugen. Ich kannte hier keinen und hielt mich mit einem vagen Lächeln an meinem

Glas fest. Lilli war wieder zum Eingang gehüpft. Unwillkürlich hielt ich Ausschau nach Dan, aber der war nirgendwo zu sehen. Dafür kam Helen auf mich zu. Auch sie trug ein blinkendes Rentiergeweih im Haar und wirkte fast so aufgeregt wie ihre Tochter.

»Hi, Emma, wie schön, dass du da bist!« Sie lachte mir zu, dann sah sie an mir herunter und zog anerkennend die Augenbrauen hoch. »Was für coole Strümpfe! Sehr weihnachtlich, wo hast du die denn her?« Doch bevor ich antworten konnte, redete sie schon weiter. »Komm mit, ich möchte dir ein paar Leute vorstellen!« Sie ging voraus und hielt bei dem einen oder anderen Grüppchen an, um mich vorzustellen.

»Das ist Emma Bloom, meine Freundin«, sagte sie jedes Mal. »Sie arbeitet in London und ist über die Weihnachtstage nach Hause gekommen. Sie wohnt in der Primrose Lane. Ach ja, und sie hat Lillis Stoffhasen gefunden.«

Die meisten Gäste schienen die Geschichte vom Stoffhasen bereits zu kennen und lachten. Freundliche Gesichter, Menschen, die mir lächelnd zunickten und sich dann wieder in ihre Gespräche vertieften. Ich konnte mir all die Namen kaum merken.

»Habe ich Sie nicht neulich mit Violet Hetherford vor dem Blumenladen gesehen? Mit einem kleinen Hund?«, fragte ein älterer Herr mit weißem Haar, als Helen wieder ihr Sprüchlein aufsagte.

»Ja, genau, das war ich«, erklärte ich überrascht. Offenbar wurde ich im Ort wahrgenommen. »Violet ist meine Freundin, und der kleine Hund war mein Hund. Er heißt Cooper.«

»Ich habe auch einen Hund«, erklärte der Herr, der sich als Mr. Bradley vorstellte und früher Notar in Stroud gewesen war. »Scotty. Ist die beste Anschaffung meines Lebens gewesen.« Er nickte mir wohlwollend zu. »Gehen Sie auch manchmal im Park von Snowbridge Manor spazieren?«

»Jeden Tag«, gab ich lächelnd zurück.

»Vielleicht sieht man sich mal«, meinte Mr. Bradley, bevor Helen mich weiterzog. Sie runzelte die Stirn und sah sich suchend um. »Wo steckt denn eigentlich Dan?«

Das fragte ich mich auch die ganze Zeit. Er war ja immerhin der Gastgeber dieser weihnachtlichen Party.

»Ganz schön viele Gäste für eine kleine Zusammenkunft«, scherzte ich. »Ich hatte ehrlich gesagt mit einer Handvoll von Leuten gerechnet.«

»Ja, ich weiß.« Helen lachte. »Aber was will man machen? Man muss die Feste eben feiern, wie sie fallen, nicht wahr?«

»Äh … ja«, sagte ich und verstand kein Wort. Was für ein Fest meinte sie genau? Aber bevor ich noch fragen konnte, kam eine Frau mit blonden Haaren auf uns zu. Sie trug zu ihrem schlichten Hosenanzug eine riesige rote Schleife aus Stanniolpapier im Haar und sah Helen sehr ähnlich, war aber größer und offensichtlich auch etwas älter als sie.

»Oh, Pat, komm her zu uns.« Helen strahlte. Offenbar hatte sie sich zum Ziel gesetzt, ihre neue Freundin aus der Primrose Lane wirklich jedem Gast auf diesem Fest vorzustellen. »Meine große Schwester Patricia«, erklärte sie. »Und das ist Emma. Ich hab dir doch von ihr erzählt.«

»Freut mich, Emma.« Pat schüttelte mir die Hand. »Helen hat schon so von Ihnen geschwärmt, da bin ich richtig neugierig geworden.« Sie hatte einen festen Händedruck und das gleiche herzliche Lächeln wie ihre Schwester.

»Oh … äh … ja, danke«, stammelte ich. Du meine Güte, ich war der *Talk of the Town*.

»Pat wohnt übrigens auch in London«, sagte Helen.

Ihre Schwester nickte. »Wer hat schon Lust, in Snowbridge zu versauern.«

»Na, hör mal«, meinte Helen entrüstet und wandte sich wieder mir zu. »Von versauern kann doch wohl keine Rede sein. Snowbridge hat durchaus seine Vorzüge, was sagst du, Emma?«

Ich hätte sagen können, dass ich in Snowbridge innerhalb von knapp zwei Wochen mehr substantielle Begegnungen gehabt hatte als in den letzten Jahren in London.

Ich machte den Mund auf, um irgendwas Nettes über Snowbridge zu sagen, da winkte Helen jemandem zu, der ganz hinten an der Wand stand und zu uns herüberschaute. Daniel Walsh lehnte neben dem Buffet, einen Tumbler mit Whisky in der Hand.

»Hier steckst du also«, sagte Helen. »Na, diesen Herrn muss ich dir nicht vorstellen, Emma, ihr kennt euch ja bereits.« Sie lächelte ganz unbefangen, und es sah nicht so aus, als ob Daniel ihr etwas von uns erzählt hatte.

»Ja«, sagte ich und starrte Daniel an, während mir das Blut in die Wangen stieg. »Wir kennen uns bereits.«

»In der Tat.« Er nahm einen Schluck aus seinem Whiskyglas und sah mich mit einem unergründlichen Blick an. War er verärgert? Amüsiert? Gleichmütig? Oder ebenso befangen wie ich?

Helen schien nichts zu bemerken. Sie schaute auf die Uhr. »Wo bleibt denn nur Francis? Er sollte schon längst hier sein. Hoffentlich steckt er nicht wieder im Stau.«

Es war mir, ehrlich gesagt, vollkommen egal, wer Francis war und ob er im Stau steckte. Ich wollte mit Dan reden, möglichst unter vier Augen. Und als hätte Helen meine stumme Bitte gehört, sagte sie in diesem Moment: »Oooh, da kommen die Pembricks. Kann ich euch einen Augenblick allein lassen, ihr Lieben?« Wir nickten stumm und standen da wie die

Ölgötzen. »Amüsiert euch! Die Butterfish-Canapés sind sehr zu empfehlen.« Sie deutete auf ein Silbertablett mit Fischhäppchen und eilte davon, um ein älteres Ehepaar zu begrüßen, das gerade ins Wohnzimmer getreten war.

»Na«, sagte Daniel und zog die Augenbrauen hoch. »Dann amüsieren wir uns mal.« Er griff nach einem Canapé und hielt es mir zusammen mit einer Serviette entgegen. »Ein Stückchen Butterfish, vielleicht?«

Ich nahm das Canapé und starrte ihn verlegen an. Dann stellte ich das Häppchen wieder ab.

»Okay, Dan«, sagte ich. »Oder besser gesagt, *Teddy*. Ja, ich weiß jetzt, wer du bist, und es ist mir wirklich unangenehm, dass ich dich nicht sofort erkannt habe. Aber wie hätte ich damit rechnen sollen, dir ausgerechnet hier zu begegnen? Du bist damals weggezogen aus Snowbridge, wir haben uns seit Ewigkeiten nicht mehr gesehen, und außerdem musst du zugeben, dass du dich ziemlich verändert hast.«

Er schwieg.

»Zum Positiven, meine ich.« Oje, das klang sehr gönnerhaft. »Nein, so meine ich es nicht. Du warst schon immer ein netter Kerl, Teddy, oder besser gesagt, Dan. Aber damals warst du eben ein drolliger kleiner Junge, und jetzt bist du … Ich meine … also … Wow, schau dich an!« Ich breitete beeindruckt meine Hände aus. »Ein stattlicher, gutaussehender Mann, Staatsanwalt, glücklich verheiratet, mit einem wunderschönen Haus …«

Er lehnte an der Wand und schaute mich mit einem seltsamen Lächeln an, während ein paar Gäste ans Buffet traten und sich die Teller füllten. Ich wartete, bis sie wieder gegangen waren, und versuchte zu ergründen, was hinter der Stirn dieses Mannes vor sich ging. Wie er da so an der Wand lehnte, musste ich wieder daran denken, wie er damals am Rand des Schulhofs gestanden und mit langen Blicken zu mir herübergeschaut hatte.

»Mag sein, dass deine Erinnerungen an damals nicht die besten sind, Dan«, fuhr ich fort, »und vielleicht bin ich daran mit schuld, aber mein Gott – wir waren Kinder! Und jetzt ist das alles sowieso Schnee von gestern, nicht wahr?« Ich versuchte zu lächeln.

»Ich meine, du hast jetzt Helen, und ich habe … äh … Cooper, und wie es aussieht, ist die Sache doch sehr gut für dich gelaufen.«

Er neigte den Kopf, legte den Finger in Denkerpose an den Mund, und ich bildete mir ein, dass seine Mundwinkel zuckten.

»Trotzdem verstehe ich eins nicht: Erst gibst du dich nicht zu erkennen, obwohl du mich ja offenbar gleich erkannt hast, dann tauchst du überall auf und verwirrst mich und sagst die ganze Zeit kein Wort, und dann legst du mir einen Crunchie-Riegel in den Korb. Einen *Crunchie-Riegel*! Was sollte das?«

Er verzog den Mund, und ich funkelte ihn angriffslustig an.

»Hallo? Könntest du vielleicht auch mal etwas sagen, Dan?«

In diesem Moment entstand plötzlich Unruhe im Wohnzimmer der Walshs. Ich blickte Richtung Flur und sah einen elegant gekleideten Herrn mit blau-weiß-gestreiftem Hemd und feiner Strickweste, der gerade Hut, Mantel und Aktentasche ablegte. Seine hellen Augen blitzten lebhaft hinter einer runden Hornbrille, als er jetzt lächelnd und mit geschmeidigen Schritten ins Wohnzimmer trat und sofort die Aufmerksamkeit aller Gäste auf sich zog, die ihn lautstark begrüßten.

»Francis! Da bist du ja endlich!« Helen winkte und bahnte sich ihren Weg durch den Raum, um den neuen Gast zu begrüßen – Francis, der bisher noch gefehlt hatte, weil er vermutlich mal wieder im Stau gesteckt hatte. Doch bevor sie noch bei ihm angekommen war, löste sich ein Mädchen in rotem Kleid aus der Menge, rannte auf den neuen Gast zu und warf sich ihm in die Arme.

»Daddy!«, schrie Lilli glücklich und ließ sich von dem Mann mit der Hornbrille und dem Three-Piece-Suit lachend im Kreis herumschwenken.

11

Ich brauchte einen Moment, um mich von meiner Überraschung zu erholen. Ich stand da wie betäubt und starrte mit offenem Mund zu Lilli und diesem fremden Mann hinüber, der ganz offensichtlich ihr Vater war. Ich sah, wie Helen ihm einen Kuss gab und er liebevoll den Arm um sie legte und sie an sich zog.

Der Raum mit den vielen Menschen geriet ins Schwanken, und meine Gedanken fuhren Achterbahn. Ich gebe zu, ich war verwirrt. Mehr als verwirrt.

Ich merkte, wie mir heiß wurde, und legte unwillkürlich die Hände an mein Gesicht, das sicher schon so rot war wie mein Kleid.

Was für eine Scharade war das? Was wurde hier gespielt? Wenn dieser elegante Herr Lillis Vater war, wer war dann der Mann, der hinter mir an der Wand lehnte?

Ich atmete tief durch und drehte mich empört um.

»Das glaube ich jetzt nicht«, sagte ich und konnte mich gerade noch beherrschen, nicht mit dem Butterfish-Canapé nach ihm zu werfen.

Daniel hob abwehrend die Hände.

»He … he … he«, sagte er. »Ich habe nie behauptet, Lillis Vater zu sein.« Seine braunen Augen blickten mich unschuldig an.

Ich sog scharf die Luft ein und dachte an den Stoffhasen, den Aushang im Park, an die Handynummer, die doch wohl seine Nummer gewesen war, und ich verstand nicht, wie das alles zusammenhing. Aber es stimmte. Er hatte nie *gesagt*, dass er Lillis Vater war. Aber er hatte auch nie gesagt, dass er es *nicht* war.

»Dann bist du also auch nicht Helens Mann?«, folgerte ich. Mein kombinatorisches Geschick war wirklich beeindruckend.

»Nein.« Er schüttelte den Kopf und spitzte die Lippen.

»Und ein Anwalt der Krone bist du auch nicht«, stellte ich fest.

Er grinste. »Das mit dem Anwalt hast du gesagt.«

Ich starrte ihn an und verschränkte die Arme.

»Also schön«, sagte ich langsam. »Wenn du das alles nicht bist, wer bist du dann, Daniel Walsh?!«

»Barrett«, erwiderte er. »Daniel Barrett.« Er zuckte die Achseln und lächelte mich so entwaffnend an wie der alte Teddy im Klassenzimmer Miss Buckman. »Ich bin hier nur der Patenonkel.«

Der Rest der Feier rauschte an mir vorbei wie ein surrealistischer Film, in dem ich die Idiotin war, die alles als Letzte begriff.

In dem Augenblick, als mir wieder eingefallen war, dass der Nachname von Daniel natürlich Barrett gewesen war – Daniel Barrett, nicht Daniel Walsh – und ich mich fragte, in welcher verwandtschaftlichen Beziehung er eigentlich zu Helen stand, hörte ich auch schon ihre helle Stimme, die irgendetwas rief, woraufhin alle Gäste anfingen zu singen.

»*Happy Birthday to you! Happy Birthday to you* …«, tönte es durch das Wohnzimmer. »*Happy Birthday, dear Francis* …«

Ich wandte mich um und schaute zu Francis hinüber, der mit Helen und seiner kleinen Tochter auf der anderen Seite des Wohnzimmers stand, ein Glas Champagner in der Hand, und sich hochleben ließ, weil er ganz offensichtlich Geburtstag hatte und die Hauptperson in diesem munteren Szenario von Weihnachtsmannmützen und Rentierpullovern war. Lächelnd und mit leicht vorgeneigtem Kopf hörte er sich das Ständchen an. Dann prostete er den Anwesenden zu und hielt aus dem Stegreif eine kleine launige Rede, die von Lachen und Klatschen begleitet wurde.

Francis Walsh war ein Gentleman, wie er im Buche stand, ein »ganz feiner Mann« wie meine Freundin Violet Hetherford es gesagt hatte, ein Anwalt der Krone, und an diesem Abend war er wie jeden Freitag aus Bristol nach Hause gefahren, wo er die Woche über arbeitete.

Ich starrte gebannt auf den munteren Tumult vor mir, als wäre ich die Zuschauerin eines völlig absurden Theaterstücks, während ich krampfhaft versuchte, all diese neuen Erkenntnisse für mich einzuordnen und ihre Bedeutung zu verstehen.

Und dann drehte ich mich wieder um zu Daniel, der mir noch eine Antwort schuldig geblieben war.

Doch Daniel Barrett war verschwunden.

Punkt neun Uhr hatte sich die Gästeschar schlagartig aufgelöst. Helen hatte mich gedrängt, noch auf einen letzten Drink zu bleiben, und so saßen wir beide – mittlerweile bei einem Sherry – in ihrer geräumigen Landhausküche, während es sich ihr Mann mit Lilli im Wohnzimmer auf dem Sofa gemütlich gemacht hatte und seiner Tochter *Peter und der Wolf* vorlas.

Nachdem Daniel sich auf Französisch empfohlen hatte, ohne sich von irgendjemandem zu verabschieden, war Helen auf mich zugekommen und hatte mir den sicher wichtigsten Gast des Abends vorgestellt: ihren Mann Francis.

»Freut mich sehr, Sie kennenzulernen, Emma«, hatte er gesagt und mich mit heiterem Blick gemustert. »Helen hat mir schon von Ihrer Großtat berichtet. Toll, dass Sie den Hasen wiedergefunden haben.«

»Ach, das war doch keine Großtat«, hatte ich gestammelt. »Es freut mich auch sehr, Lillis … äh … richtigen Vater endlich kennenzulernen.«

Kaum waren die Worte meinem Mund entschlüpft, wurde ich rot wie eine Tomate, und der Staatsanwalt hatte etwas erstaunt die Augenbrauen hochgezogen und mich durch seine Hornbrille prüfend angesehen. »Oh, und alles Gute auch von mir«, sagte ich schnell. »Zum Geburtstag! Ich hatte ja keine Ahnung, dass es sich um eine Geburtstagsfeier handelt. Ihre Frau hat kein Wort gesagt.«

»Ich hatte Angst, du würdest dann vielleicht nicht kommen«, meinte Helen und lachte. »Und ich wollte dich unbedingt bei unserer Feier dabeihaben.«

»Ich habe Helen immer gesagt, lass uns keinen Staatsakt daraus machen, Liebling. Es ist schließlich nur mein Geburtstag und nicht die Ankunft des Messias.« Francis hatte mir zugezwinkert. »Aber meine Frau kann es einfach nicht lassen. Sie liebt es nun mal, Geburtstage auszurichten, und am Ende freut man sich ja doch, alle mal ganz zwanglos wiederzusehen. Inzwischen ist unser kleines *Meet & Greet* am 23. Dezember so etwas wie eine Institution in Snowbridge. Wie schön, dass Sie auch kommen konnten, Emma.« Er hatte mir zugenickt und sich dann wieder seiner Frau zugewandt.

»Ist Daniel nicht da? Ich habe ihn den ganzen Abend noch nicht gesehen.«

»Doch, doch, Daniel war eben noch hier. Mit Emma.« Helen hatte mich fragend angesehen.

»Oh ja. Ja … genau«, hatte ich gesagt und ratlos die Schultern hochgezogen. »Also … tja … keine Ahnung, wo er hin ist.«

»Vielleicht ist er mit Lilli im Kinderzimmer«, hatte Helen gemeint. »Die beiden sind nämlich so!« Sie hatte Mittel- und Zeigefinger überkreuzt. »Außerdem ist Dan kein Freund von großen Partys. Ich schau gleich mal nach.«

Doch Daniel war nicht in Lillis Zimmer und auch sonst nirgendwo. Ganz offensichtlich hatte er das Haus ohne ein Wort verlassen, und als ich jetzt mit Helen in der Küche saß, fragte ich mich, ob ich vielleicht der Grund dafür war. Aber das war nur eine von vielen Fragen, die mir durch den Kopf gingen.

Ich nippte an meinem Sherry und beschloss, einen Vorstoß zu wagen.

»Weißt du eigentlich, dass ich die ganze Zeit dachte, Dan sei Lillis Vater?«

»Nicht dein Ernst.« Helen sah mich überrascht an. »Dan? Wie bist du denn darauf gekommen?«

»Na ja, er hatte schließlich den Aushang im Park gemacht, und als ich den Hasen zurückbrachte, habt ihr ausgesehen wie eine kleine glückliche Familie.«

Helen lachte amüsiert. »Ach, du meine Güte, nein«, entgegnete sie. »Dan hat diesen Aushang zwar gemacht, das ist richtig. Aber nur, weil ich bei Francis in Bristol war, als Bonnie im Park verlorenging. Dan hat ein paar Tage bei uns gewohnt und Lilli gehütet. Er ist ihr Patenonkel.«

»Ich verstehe.« Immerhin hatte Daniel in diesem Punkt die Wahrheit gesagt.

»Und außerdem ist er mein Lieblingscousin. Zweiten Grades«, fügte sie hinzu, als sie meinen interessierten Blick sah.

»Oh.« Ich lachte verlegen. »So genau wollte ich es gar nicht wissen.« Ich schwieg einen Moment. »Und was macht er so?«, fragte ich dann

»Na, er hat doch den Feinkostladen im Ort. Das *Deli Gourmet*. Hat er dir das nicht erzählt?«

»Äh … nein«, sagte ich. »Das hat er mit keiner Silbe erwähnt.«

Kein Wunder, denn ich hatte ihn ja bereits zum Anwalt der Krone befördert. Ich musste daran denken, wie geistesgegenwärtig er meine Bemerkung, er sähe überhaupt nicht aus wie ein Staatsanwalt, abgefedert hatte. *Ich nehme das jetzt mal als Kompliment*, hatte er gesagt. Dieser Filou! Und der Präsentkorb, den ich vor meiner Haustür gefunden hatte, war aus dem eigenen Geschäft. Kein Wunder, dass er mir an dem Tag, als ich ihn mittags vor dem Feinkostladen traf, gesagt hatte, dass er *nicht wirklich* hier einkaufte. Er musste beim *Deli Gourmet* nichts einkaufen, die Sachen gehörten ihm ja bereits. Ich schüttelte überrascht den Kopf. Das also war der ominöse Enkel der stets missgelaunten alten Harriet, deren bessere Hälfte sich einst nach Frankreich abgesetzt hatte. Der Mann, der die exzellenten Pies machte. Der Mann, der sehr zum Verdruss seiner Großmutter französische Delikatessen liebte. Ich schmunzelte.

»Ich habe immer nur diese mürrische Alte im Laden gesehen, die alle Kunden beschimpft.«

»Oh, du meinst Granny Harriet!« Helen lachte. »Oje! Ja, sie ist wirklich nicht die Idealbesetzung für das *Deli Gourmet*, aber mein Cousin hat noch niemanden gefunden. Und Granny Harriet würde ihm nie etwas abschlagen. Auch wenn sie im Laden Gift und Galle versprüht, hat sie doch ein großes Herz.«

Ich nickte. »Meine Nachbarin Violet Hetherford, die mit ihr befreundet ist, meinte, Harriet sei ganz reizend.«

»Also, als *reizend* würde ich sie jetzt nicht bezeichnen.« Helen kicherte und schenkte uns noch einen Sherry nach. Unsere kleine Unterhaltung machte ihr sichtlich Spaß. »Harriet ist eher so der Typ raue Schale, weicher Kern. Jedenfalls hat sie sich damals ganz rührend um Dan gekümmert.« Sie schob mir die Schale mit den Käsestangen hinüber. »Probier mal! Die sind übrigens auch aus dem *Deli Gourmet*. Die besten Käsestangen, die es gibt.«

Ich nahm eine Käsestange und biss nachdenklich ein Stück davon ab. »Wirklich sehr gut«, sagte ich und stützte das Kinn in meine Hand. »Was meinst du mit *damals?*«, fragte ich angelegentlich, aber natürlich brannte ich darauf, mehr zu erfahren.

»Na ja …«, Helen lehnte sich gedankenverloren in ihrem Stuhl zurück. »Du musst wissen, dass Dan es als Kind nicht einfach gehabt hat. Heute merkt man ihm das nicht mehr an, aber damals machte er eine schlimme Zeit durch. Seine Eltern hatten sich scheiden lassen, das hat seine kleine Welt ziemlich aus den Fugen gebracht, und am Ende zog seine Mutter mit ihm zu Granny Harriet, die die Mutter seiner Mutter war und vor vielen Jahren auch von ihrem Mann verlassen worden war. Harriet meinte es wohl zu gut mit dem Jungen. Sie stürzte sich auf ihn mit all ihrer Liebe und stopfte ihn voll mit Essen und Süßigkeiten, während seine Mutter deprimiert auf dem Sofa saß und einen Film nach dem anderen schaute. Sie machte sich stets große Sorgen um ihren einzigen Sohn. Die beiden Frauen haben den Jungen überbehütet, sie trauten ihm nichts zu, aber Essen, Süßigkeiten und Limonaden gab es immer reichlich. Für Dan war Essen wie ein Schutzwall. Er tröstete sich damit, so gut es ging, und futterte, was das Zeug hielt. Aber er war natürlich nicht besonders glücklich damit.«

Ich nickte. So weit kannte ich die Geschichte.

»Der arme Dan«, meinte ich. »Was passierte dann?«

»Tja. Die Monate vergingen, und irgendwann stand seine Mutter dann doch wieder vom Sofa auf.

Sie lernte einen neuen Mann kennen, und am Ende zogen Mutter und Sohn wieder zurück nach Bristol.«

»Und wie kommt es, dass Daniel jetzt wieder in Snowbridge lebt?«

Helen lächelte. »Ich würde jetzt gern behaupten wegen mir, denn wir beide haben uns immer gut verstanden. Aber es ist wohl auch wegen seiner Großmutter, an der er sehr hängt. Übrigens ist er noch gar nicht so lange wieder in Snowbridge. Er hat den Feinkostladen erst in diesem Herbst eröffnet. Nach der Schule wollte er unbedingt weg aus England, und so ist er zu seinem Großvater gezogen, der in der Nähe von Nizza lebte. Er blieb ein paar Jahre in Frankreich, machte eine Ausbildung, und als sein Großvater starb, kehrte er wieder in die Cotswolds zurück.«

Helen schaute mich versonnen an. »Als ich ihn nach meiner Hochzeit in Frankreich besuchte, habe ich meinen Augen nicht getraut. Er war schlank und sonnengebräunt und hatte ein ganz anderes Auftreten. Die Zeit dort hat ihm offensichtlich gutgetan, und er hat mir einmal erzählt, dass er erst in Frankreich verstanden hat, dass man sein Essen genießen kann, ohne sich vollzustopfen.«

Sie trank einen Schluck Sherry. »Ich bin jedenfalls sehr froh, dass er wieder hier ist. Dan ist wie ein Bruder für mich. Und er ist der beste Patenonkel, den man sich vorstellen kann. Er wäre sicher auch ein ganz toller Vater.«

Ich nickte und spürte, wie mein Herz zu klopfen begann. »Und …« sagte ich beiläufig, »gibt es denn da jemanden, der als Mutter infrage käme?«

»Du meinst, ob er eine Freundin hat?« Helen sah mich belustigt an. »Komisch, Dan hat mich neulich auch gefragt, ob du mit jemandem zusammen bist.«

»Ach, ja?«, fragte ich und strich mir eine Haarsträhne aus der Stirn. »Und was hast du gesagt?«

»Na, dass ich es nicht weiß.« Helen machte ein überraschtes Gesicht. »So lange kennen wir uns ja noch nicht.«

Ich nickte. Spätestens seit der Unterhaltung am Weihnachtsbaumstand wusste Dan alles über meinen Ein-Personen-Haushalt. Falls meine Freundin Violet nicht schon vorher ihrer Freundin Harriet alles Wissenswerte zu meiner Person übermittelt hatte.

»Ich weiß aber, dass Dan damals in Nizza eine feste Freundin hatte, Geneviève, eine kapriziöse Französin, aber das war irgendwann vorbei.« Sie schmunzelte. »Der *Culture Clash* war wohl doch zu heftig gewesen und die *Entente cordiale* zum Scheitern verdammt, obwohl mein Cousin ja recht frankophil ist. Seither läuft da immer mal wieder was. Dan ist ja nicht gerade ein Mann, der von den Frauen übersehen wird.«

Sie lachte, und ich lachte auch. Da hat sie, verdammt noch mal, recht, dachte ich eifersüchtig.

»Als er wieder nach Snowbridge zog, ging er ein paar Mal mit einem hübschen rothaarigen Mädchen aus.«

»Aha.« Ich wollte nichts von einem hübschen rothaarigen Mädchen hören. War das etwa die junge Frau aus dem Blumenladen, die mir den Kranz verkauft hatte?

»Aber nein«, Helen schüttelte den Kopf und nahm sich noch eine Käsestange, »ich glaube nicht, dass es im Moment jemanden gibt. Jedenfalls hat er uns bisher noch nicht seine zukünftige Frau präsentiert.«

»Wie schade«, sagte ich erleichtert.

»Ja, das finde ich auch.« Helen biss nachdenklich ein Stück von dem goldgelben Gebäck ab.

»Aber ...«, sie stieß mit der Käsestange in die Luft, als ihr jetzt etwas einfiel. »Seine erste große Liebe war tatsächlich ein Mädchen hier aus Snowbridge. Sie muss damals in seiner Klasse gewesen sein.«

»Na, so was!« Ich lachte und konnte meine Aufregung kaum unterdrücken. »Ausgerechnet!«

»Hm, hm«, machte Helen. »Der hat er noch lange nachgetrauert. Na ja, er war damals erst dreizehn, aber trotzdem: Liebe ist Liebe. Dieses Mädchen muss ihn sehr beeindruckt haben. Aber er hat sie eher so aus der Ferne angeschmachtet. Damals hatte er natürlich keine Chance, der Ärmste. Sie war das beliebteste Mädchen der Klasse, und sie hat ihn nie beachtet. Ich meine, er war schon selig, wenn er ihr bei den Hausaufgaben helfen durfte.«

Ich nickte stumm und merkte, wie mir das Gewissen schlug. War ich wirklich so schlimm gewesen damals?

»Dieses Mädchen war für meinen Cousin so unerreichbar wie der Mond, aber er hielt ihr lange Zeit auf eine verdrehte Art die Treue.« Helen schüttelte wieder den Kopf. »Er sagte, sie hätte ihm damals *das Leben gerettet* – wie immer er das gemeint hat. Es klang ziemlich pathetisch. Doch als ich mehr aus ihm herauslocken wollte, schwieg er beharrlich. Er hat mir nicht mal verraten, wie sie hieß.« Helen lächelte nachsichtig und rückte sich ihren Rentierhaarreif wieder gerade. »Aber ja, an diesem Mädchen hing wohl sein ganzes Herz.«

Ich lauschte begierig und sog jedes ihrer Worte auf, aber die Geschichte war offenbar zu Ende. Helen trank ihren Sherry aus und stellte das Glas auf den Tisch.

»Tja, das Leben kann manchmal echt gemein sein«, sagte sie und sah mich arglos an. »Wenn du mich fragst, war dieses Mädchen eine ganz herzlose kleine Nuss.«

12

Der Friedhof von Snowbridge lag still und von Schnee bedeckt in der Morgensonne. Ich wanderte zwischen den Gräbern umher, eine Schale mit Christrosen in der Hand, die ich auf das Grab meiner Eltern stellen wollte. Früher hatte ich das immer zusammen mit Mum gemacht. Es war unser kleines Ritual am 24. Dezember. Morgens »besuchten« wir Dad und ihre Eltern, die in Stroud begraben waren – bei meiner Mutter klang es immer so, als besuchte sie wirklich jemanden –, und anschließend gingen wir nach Hause, um die letzten Vorbereitungen für Weihnachten zu treffen und den Baum zu schmücken.

Seltsamerweise kam Mum immer gestärkt von diesen Friedhofsbesuchen zurück. Sie war nie traurig oder niedergeschlagen, und ich glaube, die Tatsache, dass sie die Möglichkeit hatte, auf diese Weise ihre Liebsten weiter als Teil ihres Lebens zu empfinden, gab ihr irgendwie Kraft.

Als ich jetzt die Schale mit den hübschen weißen Blumen und den immergrünen Blättern auf das Grab stellte, ging mir durch den Kopf, dass dieses Weihnachten so ganz anders werden würde als sonst.

Es war vermutlich mein letztes Weihnachten in Primrose Cottage, und es war das erste Mal, das ich es allein begehen würde – wenn man mal von Cooper absah.

»Hallo, Mum«, sagte ich tapfer. »Ich habe dir Christrosen gebracht. Du hast mir mal gesagt, dass Christrosen für die Hoffnung stehen, weil sie auch dem kältesten Winter trotzen. Und dass sie in der Blumensprache bedeuten ›Hilf mir, meine Angst zu überwinden‹.« Ich schwieg einen Moment. »Also mach dir keine Sorgen, Mum, ich schaff das schon. Und ich hoffe, du und Dad, ihr habt es gut, wo immer ihr jetzt auch seid.«

Es mag seltsam klingen, aber irgendwie hatte ich das Gefühl, dass Mum mich hörte. Sicher hätte es ihr gefallen, dass ich ihre kleine Tradition fortsetzte. Jede Familie hat ihre eigenen liebenswerten Rituale, und indem man sie fortführt, hält man etwas Großes lebendig, das die Zeiten überdauert. Etwas zutiefst Vertrautes, das einem das Gefühl von Sicherheit und Verbundenheit gibt und den Faden zu denen, die man einst liebte, nie ganz abreißen lässt.

Ich schaute auf das geschmückte Grab, und dann schaute ich in den klaren Winterhimmel, und ich hatte nicht die geringste Ahnung, dass dieses Weihnachten tatsächlich ganz anders werden würde, als ich es mir vorgestellt hatte.

Als ich mittags meine Runde durch den Park machte, sah ich einen älteren Herrn in Hut und Mantel, der mit gemächlichen Schritten die alte Steinbrücke überquerte. An seiner Seite lief ein Scotch Terrier, der freudig über die verschneite Wiese auf uns zusprang, als er Cooper entdeckte.

Der Spaziergänger beschleunigte seinen Schritt. Es war Mr. Bradley, den ich erst gestern Abend auf der Geburtstagsparty bei den Walshs gesehen hatte. Ich winkte, als er jetzt näher kam.

»Hallo, Mr. Bradley«, rief ich erfreut.

»Oh, hallo, Miss Bloom«, sagte er. »So schnell sieht man sich wieder! Hatten Sie noch einen schönen Abend gestern?«

Er blieb stehen und lächelte, während sich Cooper und Scotty beschnüffelten und dann zusammen im Schnee herumtollten.

Abgesehen von Daniel, der sich so plötzlich in Luft aufgelöst hatte, war Mr. Bradley einer der ersten Gäste gewesen, die das Fest verlassen hatten.

Ich nickte und dachte an den Abend, der für mich so voller Überraschungen gewesen war.

»Oh ja. Das war wirklich eine ganz … *erstaunliche* Party. Ich war ja zum ersten Mal dabei und sehr beeindruckt.«

»Helen macht das immer so wunderbar«, entgegnete Mr. Bradley. »Sie ist einfach eine großartige Gastgeberin. Ich für meinen Teil habe mich prächtig amüsiert.« Er zwinkerte mir zu. »Ich hoffe, Sie auch?«

»Oh ja. JA!«, gab ich zurück und hoffte, dass ich überzeugend klang. »Ich hatte schon lange nicht mehr so viel Spaß.«

»Sie sahen jedenfalls ganz hinreißend aus in Ihrem roten Kleid.« Mr. Bradley schaute mich schmunzelnd an. »Ich hoffe, ich darf das sagen, ohne dass Sie es falsch verstehen, Miss Bloom. Aber ein Mädchen wie Sie wäre genau mein Typ.« Seine hellen Augen flackerten. »Leider bin ich viel zu alt für Sie, aber glauben Sie mir, wenn ich nur dreißig Jahre jünger wäre, würden wir jetzt eine andere Art Konversation führen.«

»Schade, dass Sie es nicht sind«, gab ich das Kompliment zurück. »Ich wäre nämlich noch zu haben, wissen Sie?«

Ich zwinkerte ihm zu, und er lachte. Man konnte immer noch sehen, dass Mr. Bradley einmal ein attraktiver Mann gewesen sein musste. Nicht unbedingt schön, aber attraktiv mit seinem scharfkantigen Gesicht, der geraden Nase und den hellen Augen. Und auch wenn wir nicht mehr die Art von Konversation führen konnten, die der alte Herr im Sinn hatte, schien ihm unsere kleine Unterhaltung doch gut zu gefallen.

»Sie sind zu gütig, Miss Bloom. Und dass Sie noch zu haben sind, ist kaum zu glauben. Der Mann, der

Sie mal bekommt, kann sich glücklich schätzen. Sie haben Ihr Herz auf dem rechten Fleck.«

»Ach ja, finden Sie?«

Ich musste an Helens Bemerkung von gestern Abend denken, die mich zutiefst beschämt hatte.

Wenn du mich fragst, war dieses Mädchen eine ganz herzlose kleine Nuss, hatte meine neue Freundin aus der Abbington Lane gesagt, ohne zu ahnen, dass »dieses Mädchen« direkt vor ihr saß und mit unschuldiger Miene an einer von ihrem Cousin fabrizierten Käsestange knabberte.

»Ohne jeden Zweifel«, sagte Mr. Bradley, als er meinen skeptischen Blick sah. »Doch, doch. Sie sind ein ganz tolles Mädchen, Miss Bloom.« Der alte Herr kam in Fahrt. »Und Sie haben tolle Beine.«

»Jetzt machen Sie mich aber wirklich verlegen, Mr. Bradley.« Ich lachte.

»Dann habe ich alles richtig gemacht«, entgegnete er galant, und ich überlegte gerade, ob ich den alten Herrn nicht einmal zusammen mit Violet Hetherford zu mir zum Tee bitten sollte, da sagte er, dass er weitermüsse, denn er wolle noch letzte Weihnachtseinkäufe tätigen und sei am Abend bei Mrs. Hetherford auf einen Eggnog eingeladen.

»Sie sagt, sie mache den Eierpunsch selbst, und der habe so richtig Wumm«, erklärte er begeistert, und ich konnte ein Grinsen nicht unterdrücken. Ich hoffte nur, dass der freundliche Mr. Bradley das

Gebräu meiner alten Freundin Violet unbeschadet überleben würde.

Er tippte mit der Hand an seinen Hut, wünschte mir ein frohes Fest und ging mit Scotty seiner Wege.

»Ich hoffe, wir sehen uns bald wieder im Park«, rief er mir zum Abschied zu.

»Das hoffe ich auch, Mr. Bradley.«

»Wir haben ja jetzt einen tollen Vorwand für unsere geheimen Treffen, was?« Mr. Bradley deutete auf Scotty und winkte. »Ich hab doch gesagt, dieser Hund war die beste Anschaffung meines Lebens.«

Ich hob die Hand und sah ihm lächelnd nach. Mr. Bradley war ein Charmeur. Und ein lebendiges Beispiel für die alte Weisheit, dass man mit der Zeit vielleicht seine Schönheit verliert, aber nie seinen Charme.

Ich rief nach Cooper und setzte meinen Weg fort. Auch ich wollte noch einiges vorbereiten. Als ich an die alte Steinbrücke kam, musste ich an Daniel denken. An den Daniel von damals und an den Daniel von heute. An Letzteren ganz besonders. Ich seufzte und betrat die Brücke, die über den Bach führte.

Daniel hatte gesagt, dass er diese Brücke niemals überqueren könnte, ohne daran zu denken, wie ich ihn damals gerettet hatte. Und ich hatte die Befürchtung, dass auch ich nun immer an ihn würde denken müssen, wenn ich hier entlangkam – an diesen Mann, der mir vor langer Zeit sein Herz hatte schenken wollen und den ich damals einfach übersehen hatte.

In einer melancholischen Anwandlung blieb ich einen Moment auf der Brücke stehen, schaute auf den zugefrorenen Bach, der in der Sonne glitzerte, und irgendwie kam mir wieder die letzte Zeichnung der kleinen Bildergeschichte in den Sinn, die jetzt unten in der Küche lag, weil ich sie mir heute Morgen noch einmal angeschaut hatte.

Doch diese Geschichte gehörte genauso ins Album der Erinnerungen wie meine alten Fotos. Sie war Vergangenheit.

Seit Daniel Barrett gestern Abend verschwunden war und mich einfach so im Wohnzimmer der Walshs hatte stehen lassen, hatte ich nichts mehr von ihm gehört. Und es war wohl nicht zu erwarten, dass sich daran noch etwas änderte.

Zu Hause stürzte ich mich in weihnachtliche Betriebsamkeit. Ich wollte nicht mehr länger nachgrübeln, sondern etwas tun und beschloss, das Haus festlich zu dekorieren

Als ich nach Hause kam, hatte ich zunächst versucht, Kate anzurufen, weil ich gern die neuesten Entwicklungen mit ihr geteilt hätte – angefangen bei der verstörenden Erkenntnis, dass ich den Mann mit dem unwiderstehlichen Lächeln tatsächlich kannte, bis hin zu dem unrühmlichen Ende, das die

Party bei den Walshs für mich genommen hatte –, aber meine Freundin war nicht erreichbar. Sicherlich schmückte sie mit ihrer neuen schottischen Familie das Haus, oder alle saßen vor dem Kamin und tranken Whisky. Enttäuscht hinterließ ich eine kurze Sprachnachricht und bat um Rückruf.

Dann holte ich endlich die Kartons mit dem Weihnachtsschmuck aus dem Keller. Ich zog die Girlande heraus und entwirrte die Lichterketten. Zu meiner Überraschung funktionierten die bunten Lämpchen noch tadellos. Ich befestigte eine der Lichterketten an der Girlande, dann schleifte ich das Gebilde aus künstlichen Tannenzweigen, Ilex und roten und grünen Kugeln hinter mir her, gefolgt von Cooper, über den ich fast gestolpert wäre. Er wollte mitschmücken und ließ sich nicht davon abhalten, mir immer wieder vor die Füße zu laufen oder nach den Weihnachtskugeln zu schnappen. Ich scheuchte ihn weg und stieg dann vorsichtig Stufe für Stufe die Treppe hinauf, um den *Christmas Bow* um das Holzgeländer zu wickeln. Zu zweit ging das einfacher, aber ich schaffte es auch allein. Schließlich war die Girlande befestigt, und ich sah stolz auf mein Werk. Ich stellte Lichterbögen in die Wohnzimmerfenster und hängte ein paar Strohsterne auf. Die beiden Deko-Elche stellte ich auf das Kaminsims, dazwischen eine hübsche Weihnachtskerze vom letzten Jahr, die noch unbenutzt in einem der Kartons gelegen hatte. Sie war von *Crabtree & Evelyn*, und als ich den Deckel vom Glas genommen hatte, duftete sie noch immer nach Zimt und Orangen.

Dann schleppte ich den großen Steinkrug aus der Küche und stellte ihn in der Ecke auf, wo sonst immer der Weihnachtsbaum gestanden hatte. Ich quetschte so viele Tannzweige wie möglich in die Öffnung, behängte die Zweige mit glänzenden Kugeln, roten Schleifen und alten Blechanhängern – dem nostalgischen Weihnachtsmann, dem kleinen Trommler mit der blauen Kappe, den Heiligen Drei Königen mit ihren Gaben und ein paar Engeln mit goldenem Haar, die Flöte, Laute oder Trompete spielten. Dann räumte ich den Karton mit den restlichen Kugeln und den schweren Christbaumständer zur Seite und setzte mich auf das Sofa, um mein Werk zu betrachten.

Die Tannenzweige sahen weihnachtlich und schön aus. Etwas bescheiden vielleicht. Eher mickrig, ehrlich gesagt, und um noch ehrlicher zu sein, war dieses halbhohe Gebilde kein Vergleich mit der prächtigen Tanne, die hier sonst immer gestanden hatte. Ich ging hinüber und stellte den Krug auf die Kommode. So war es schon besser.

Jetzt ärgerte ich mich, dass ich nicht doch einen Tannenbaum auf dem kleinen Weihnachtsmarkt vor Snowbridge Manor gekauft hatte. Wollte ich mich selbst bestrafen mit meinem Bescheidenheits-

Gefasel über den Ein-Personen-Haushalt? Was wäre daran so verkehrt gewesen, eine Tanne für mich ganz allein zu haben? An meinem letzten Weihnachten in Primrose Cottage.

Seufzend stand ich auf, um die Weihnachtsgirlande über dem Kamin anzubringen. Ich befestigte die beiden Enden an den kleinen Haken, die rechts und links in der Wand angebracht waren. Dann suchte ich in dem Karton nach den großen roten Filzstrümpfen, die der Weihnachtsmann in der Nacht zum 25. Dezember mit Geschenken füllen würde. Das jedenfalls glaubten alle Kinder, wenn sie am Morgen aufwachten und nach ihren Geschenken suchten.

Versuchsweise hängte ich einen Strumpf über dem Kamin auf. Es sah erbärmlich aus. Nicht nur aus symbolischen Gründen. Das Herz der Dekorateurin in mir blutete bei diesem armseligen Anblick. Am Ende hängte ich schließlich alle drei Strümpfe auf, und auch – in einem Anfall von weihnachtlicher Wundergläubigkeit – noch den Mistelzweig von Violet, den ich über der Wohnzimmertür befestigte.

Man kann nie wissen, hatte meine fast hundertjährige Freundin gesagt, als sie den Zweig für mich kaufte, und jemand, der so viele Weihnachtsfeste erlebt hatte wie sie, wusste vielleicht in der Tat mehr über das Fest der Liebe als ich. Außerdem wollte ich die alte Dame nicht enttäuschen, wenn sie an den

Weihnachtstagen bei mir vorbeischaute, wovon auszugehen war. Ich grinste und stellte mir vor, wie Violet mit ihren großen Augen vergeblich alle Türen absuchte, mich dann entrüstet ansah und mir mit dem Finger drohte.

»Du hast die *Mistelzweige* nicht aufgehängt? Ja, willst du denn das Unglück herausfordern, Kindchen?«

Wo hatte Mum die bestickte Weihnachtsdecke hingetan? Ich suchte in der Kommode und fand die Decke schließlich in der untersten Schublade. Ich breitete sie über dem Esstisch aus und steckte rote Kerzen in die beiden Silberleuchter. Dann holte ich einen großen Weihnachtsteller und verteilte darauf großzügig die Mince Pies, die Short Bread Fingers und die Schokoladentrüffeln. Der Tisch sah festlich aus, aber etwas fehlte noch.

Ich zog meine Stiefel an, ging in den Garten und schnitt ein paar Zweige von den Ilex-Büschen ab, welche ich in die leere Vase stellte, die auf dem Esstisch gestanden hatte. So war es perfekt.

Zuletzt nahm ich die restlichen Tannenzweige und steckte sie hinter sämtliche Bilder und gerahmten Fotos, die im Wohnzimmer hingen. So wie Mum es immer gemacht hatte. Das Bild, das uns drei bei dem Picknick am Fluss zeigte, nahm ich von der Wand, versah es mit einem Zweiglein und lehnte es behutsam an die Vase.

Zufrieden verschränkte ich die Arme und ließ meinen Blick über das weihnachtlich geschmückte Zimmer schweifen. Der Duft der frischen Tannenzweige erfüllte den Raum, draußen brach die Dämmerung an, und all die kleinen Lichter an den Fenstern und in den Weihnachtsgirlanden fingen an zu leuchten.

Es war Zeit für einen Nachmittagstee, doch ich entschied mich für den Portwein. Ich machte den Kamin an, entzündete die Duftkerze, nahm Mums Buch von dem Tischchen neben dem Lesesessel und richtete mich auf dem Sofa ein, um es mir gemütlich zu machen.

Dann hob ich mein Glas und nahm einen Schluck Portwein, der im Schein des Feuers rubinrot funkelte.

Ich war bereit für Weihnachten, aber die Frage war doch: War Weihnachten auch bereit für mich?

Ich schlug den Roman von Edith Wharton auf und begann zu lesen, und bei jeder Seite, die ich umblätterte, trank ich einen Schluck Portwein. Bald war das Glas leer, und ich schenkte mir ein neues ein, während die Zeilen vor meinen Augen allmählich anfingen zu verschwimmen. Wie so oft ging es auch in dieser Geschichte um einen Mann, der sich nicht entscheiden konnte zwischen seiner Ehefrau und seiner Geliebten. Das Buch war sehr schön geschrieben, soweit ich das beurteilen konnte, aber die Anstrengungen des Tages forderten ihren Tribut.

Und bald schon war ich über der Lektüre von *Zeit der Unschuld* eingeschlafen.

Als ich wieder aufwachte, war es dunkel geworden. Im Kamin glomm die Glut, Edith Wharton war vom Sofa gerutscht, und irgendjemand hämmerte mit lauten Schlägen an die Tür. Verwirrt strich ich mir die Haare aus dem Gesicht und sah auf die Uhr. Ich hätte gedacht, es wäre mitten in der Nacht, aber es war erst halb sechs.

Ich warf die Decke zurück, stand auf und knipste die Stehlampe neben dem Sofa an, während der Türklopfer weiter gegen die Haustür donnerte. Cooper war aufgesprungen und bellte im Flur, ich rief »Ich komm ja schon« und tapste auf Socken zum Eingang. Die Szene kam mir irgendwie bekannt vor.

Lächelnd zog ich die Tür auf und prallte zurück.

Vor mir stand nicht meine alte Freundin Violet Hetherford, sondern der Wald von Sherwood Forest.

Eine riesige Tanne versperrte den Eingang und nahm mir jede Sicht.

»Hallo?«, fragte ich erstaunt und musste dann lachen. »Wer da?«

»Ich bin hier nur der Weihnachtsmann«, tönte es von hinter der Tanne.

Mit klopfendem Herzen bog ich die Zweige auseinander. Und blickte in zwei Augen, die ich nur zu gut kannte.

13

Hallo Emma«, sagte Daniel.

»Na, das ist ja eine Überraschung!«, sagte ich und zog die Augenbrauen hoch. Ich brauchte einen Moment, um mich zu fangen. War das wirklich Daniel Barrett, der da vor meiner Tür stand, oder träumte ich vielleicht noch?

»Meine Güte! Was bringst du denn da?«

»Dein Weihnachtsgeschenk, Emma«, sagte er, als ob es das Selbstverständlichste von der Welt wäre. Er lugte hinter der Tanne hervor und sah mich mit einem entwaffnenden Grinsen an. »Ich habe dir doch gesagt, dass ich dir möglicherweise noch etwas schenke. Und irgendwie hatte ich das Gefühl, dass du ohne einen Weihnachtsbaum nicht glücklich wirst.«

Ich schwieg und starrte ihn durch die Zweige an.

Was war das? Ein Versöhnungsangebot? Ein schlechter Witz? Oder etwa mein schönstes Weihnachtsgeschenk?

Gestern Abend hatte dieser Mann kaum ein Wort mit mir geredet, und nun stand er mit einem Tannenbaum vor meiner Tür?

»Ich sehe schon, es hat dir die Sprache verschlagen«, sagte Daniel zufrieden. Seine dunkle Wollmütze war verrutscht, und der karierte Schal hing schief über der Jacke. »Was ist jetzt? Darf ich reinkommen? Ich dachte, ich könnte dir vielleicht helfen, den Baum zu schmücken.«

Ich war immer noch zu verblüfft, um etwas zu sagen. Ich trat einen Schritt zurück, und der Wald von Sherwood Forest rückte näher und schob sich in die Diele. Cooper war begeistert. Er umkreiste schwanzwedelnd den Baum und schnupperte an den Ästen.

»Wohin?«, fragte Dan und umklammerte mit seinen Wildlederhandschuhen den Stamm, der bedrohlich schwankte.

»Ins Wohnzimmer!« Ich wies mit der Hand zur Tür. »Da links in die Ecke, neben dem Kamin.«

Ächzend schleppte er den Baum quer durch den Raum, begleitet von Cooper. Er schlingerte ein wenig, und die Zweige fegten mein Handy vom Couchtisch und katapultierten es unter das Sofa. Doch das sollte ich erst viel später bemerken.

»Christbaumständer?«, rief Dan ächzend.

»Einen Moment.« Ich eilte zu dem Karton, der hinter der Tür stand, und zog den grünen Christbaumständer heraus. »Hier«, sagte ich.

Während Dan den Baum hielt, kroch ich unter die Zweige und bugsierte den Stamm in die Öffnung. Dafür, dass wir zum ersten Mal einen Tannenbaum aufstellten, waren wir ein gutes Team, fand ich. Über mir justierte Dan den Baum und schaute, ob er gerade stand. »Jetzt«, sagte er, und ich drückte mit aller Kraft die Eisenkrallen hinunter, die sich in den Stamm bohrten, bis er festsaß, und rappelte mich auf.

Dann standen wir schweigend vor dem Baum, der wirklich prächtig anzusehen war.

»Also … tja, ich weiß gar nicht, was ich sagen soll«, meinte ich verlegen und zog ein paar Tannennadeln aus meinem zerzausten Haar.

»Wie wär's mit Danke.« Dan sah mich an, und sein Blick glitt amüsiert über den ausgeleierten Norwegerpullover, den ich über meiner Jeans trug. »Steht dir übrigens gut, der Pulli. Sehr weihnachtlich.«

»Konnte ich wissen, dass noch Besuch ins Haus steht?« Ich schob die Hände in meine Taschen. »Also dann: Danke für den Tannenbaum, Mr. Barrett. Aber wie komme ich zu der Ehre?«

»Na ja«, entgegnete er langsam. »Du hast mir mal das Leben gerettet, Emma Bloom. Ich weiß, das ist schon sehr lange her. Und seither ist eine Menge passiert.« Er schaute mich freimütig an. »Aber nun, wo wir uns wiederbegegnet sind, habe ich gedacht, ich könnte mich revanchieren und dir vielleicht dein Weihnachten retten.«

Er lächelte, und ich war mir nicht sicher, ob er den Baum meinte oder sich.

»Das ist … sehr nett, Dan«, sagte ich. »Tatsächlich habe ich vorhin noch gedacht, dass ich doch einen Tannenbaum hätte kaufen sollen.«

Er nickte und zwinkerte mir zu. »Das war mir klar. Ich kenn dich doch, Emma. Du bist so ein Mädchen, dem der Weihnachtsbaum nicht groß genug sein kann.«

»Was du nicht sagst«, meinte ich und merkte, wie mir das Blut in die Wangen stieg. Was sollte das jetzt wieder bedeuten?

»Komm, lass uns endlich anfangen.« Er zog Mantel, Schal und Mütze aus, warf alles aufs Sofa und sah mich auffordernd an.

»Womit?« Mein Herz schlug eine kleine Kapriole.

»Na, mit dem Tannenbaum schmücken.« Er grinste breit. »Ich habe doch gesagt, ich helfe dir.«

Die nächste halbe Stunde verbrachten wir in stiller Eintracht. Wir schmückten den Baum, und während wir uns Kugeln, Schleifen und Anhänger anreichten, und die kleine Leiter, die ich aus der Küche geholt hatte, hinauf- und hinunterstiegen, berührten sich manchmal flüchtig unsere Hände. Wir sagten banale Dinge, wie »Da fehlt noch eine Kugel« oder »Hilf mir mal mit der Lichterkette« oder »Kannst du mir den Engel geben?«. Wir lachten über Cooper, der aufgeregt den Baum umkreiste, sich unter die geschmückten Zweige quetschte und interessiert am Christbaumständer schnüffelte. Und nachdem Dan die goldene Baumspitze befestigt hatte und ich die Lichterketten eingeschaltet hatte, standen wir eine Weile da wie die Kinder und schauten auf den leuchtenden Baum, der mit seinen glänzenden roten, grünen und goldenen Kugeln, den dicken Schleifen, den Sternen und Anhängern wie aus einem Weihnachtsmärchen von Charles Dickens aussah.

»Toll!«, meinte Dan. »Das ist mal ein Tannenbaum.«

Ich nickte. »Wie gemalt«, sagte ich. Dann wusste ich mit einem Mal nicht mehr, was ich sagen sollte, und Dan wandte sich dem Sofa zu, auf dem immer noch seine Sachen lagen.

»Tja dann …«, meinte er.

»Möchtest du vielleicht ein Glas Portwein?«, fragte ich schnell.

»Da sage ich nicht nein.«

Er folgte mir in die Küche, lehnte sich an die Anrichte und sah zu, wie ich ein Glas aus dem Schrank holte.

Als ich mich umdrehte, hielt er plötzlich die kleine Bildergeschichte in der Hand und blätterte darin herum.

»Du hast sie noch?«, fragte er und sah mich überrascht an.

»Ja«, sagte ich verlegen. »Stell dir vor, sie lag all die Jahre oben in meiner Schreibtischschublade. Ich habe sie vorgestern wiedergefunden.«

Er klappte das Heftchen wieder zu und las die Widmung auf dem Deckblatt. *Dinge, die ich gern mit dir machen würde.* Er schüttelte den Kopf und lachte leise. »Meine Güte, war ich damals verliebt in dich.«

Ich schluckte. »Ich glaube, das war die schönste Liebeserklärung, die ich jemals bekommen habe. Nur dass ich das damals nicht erkennen konnte.«

»Damals hast du vieles nicht bemerkt. Du hast mir das Herz gebrochen, weißt du das eigentlich?« Er hatte einen scherzhaften Ton angeschlagen und legte die Hand theatralisch an seine Brust.

»Tut mir leid.« Ich hob lächelnd die Schultern. »Wie es aussieht, war ich damals einfach eine … eine kleine herzlose Nuss.«

Er zog die Augenbrauen hoch. Meine Selbstbezichtigung schien ihn zu amüsieren. »Ach, was«, meinte er dann. »Du warst doch keine herzlose kleine Nuss, Emma. Es hat damals einfach nicht gepasst.«

Seine Augen ruhten nachdenklich auf mir, und ich hätte am liebsten gefragt, ob es vielleicht jetzt passte, doch in diesem Moment stieß Dan sich von der Anrichte ab.

»Was ist jetzt, bekomme ich meinen Portwein?«

»Ja, natürlich. Entschuldige.«

Wir gingen ins Wohnzimmer zurück, und Dan blieb unter dem Mistelzweig stehen und betrachtete schweigend das weihnachtlich geschmückte Zimmer.

Verlegen füllte ich unsere Gläser und stellte mich neben ihn. Dann stießen wir an und prosteten uns zu.

»Auf den schönsten Weihnachtsbaum von Snowbridge«, sagte ich.

»Auf das schönste Mädchen der Klasse«, entgegnete er ernst, und in seinen Augen lag ein Funkeln, das schwer zu deuten war. Wir tranken einen Schluck, und dann hielt ich es nicht mehr aus.

»Dan, warum bist du hier?«, fragte ich.

»Ich wollte dir den schönsten Baum von Snowbridge bringen«, entgegnete er.

»Nein, das meine ich nicht.« Ich stellte mein Glas auf dem kleinen Beistelltisch ab und holte tief Luft. »Weißt du, ich werde aus dir nicht schlau. Du kommst hier hereingeschneit und bringst mir einen Tannenbaum vorbei, als ob nichts wäre. Gestern Abend auf der Party hast du dich in Schweigen gehüllt. Ich habe dir Fragen gestellt, und du hast sie nicht beantwortet. Stattdessen bist du einfach abgehauen und hast mich stehenlassen. Kannst du mir mal bitte erklären, warum?«

Er zuckte mit den Schultern. »Na ja …«, meinte er. »Du warst so schrecklich aufgebracht, als du die Sache mit Francis herausgefunden hast … Ich meine …«, er setzte eine unschuldige Miene auf, »ich habe nie behauptet, Lillis Vater zu sein, oder Helens Mann oder ein Anwalt der Krone. Das hast du alles in mich hineingedichtet. Und am Anfang war mir nicht mal klar, dass du etwas anderes in mir gesehen hast als Lillis Patenonkel. Als ich es dann begriffen habe, hielt ich es für eine gute Tarnung und wollte erst mal schauen, wie die Dinge sich entwickeln.«

»Für eine gute *Tarnung*?«, wiederholte ich. »Bist du Geheimagent, oder was?«

Er lächelte. »Emma«, sagte er dann. »Als ich dich vor zwei Wochen wiedergesehen habe, war ich wie vom Donner gerührt. Ich sah dich an und dachte, du würdest mich sofort erkennen. Den kleinen dicken Jungen von damals, der bei dir nie eine Chance hatte. Aber als ich gemerkt habe, dass du keinen blassen Schimmer hattest, wer da vor dir steht, wollte ich die Sache erst mal auf sich beruhen lassen. Vielleicht kannst du dir vorstellen, dass ich nicht gerade scharf darauf war, mich als den alten Teddy von damals zu erkennen zu geben. Das war, wie du weißt, nicht gerade die glorreichste Zeit in meinem Leben. Ich dachte, je weniger du über mich weißt, desto besser. Und so habe ich einfach nichts gesagt.«

Er schwieg einen Moment, und ich nickte ein wenig schuldbewusst.

»Aber warum dann der Crunchie-Riegel?«, fragte ich. »Wenn du die Sache auf sich beruhen lassen wolltest, warum hast du mir dann diesen Schokoladenriegel in den Korb gepackt?«

Er nahm einen Schluck aus seinem Glas und wirkte verlegen. »Ich gebe zu, das war ein bisschen kindisch«, sagte er dann und grinste. »Irgendwie wollte ich wohl doch, dass du dich an mich erinnerst. An unser großes Geheimnis von damals. Dann trafen wir uns im Ort, und ich bildete mir ein, dass ich dir gefiel, und zog Erkundigungen über dich ein. Und während du in dem Glauben warst, ich sei verheiratet, fand ich heraus, dass du offenbar allein nach Snowbridge gekommen bist.« Seine Miene verdüsterte sich. »Doch dann sah ich dich abends im Park mit diesem Mann. Ihr habt sehr verliebt gewirkt.«

»Aber nein!«, rief ich aus. »Das war doch nur Harry. Ein alter Schulfreund, der über Weihnachten nach Hause gekommen ist. Wir waren nur spazieren, das hast du völlig missverstanden.«

»Dann habe ich eben auch mal etwas missverstanden.« Er runzelte die Stirn. »Jedenfalls hatte ich keine Lust, mir noch einmal eine Abfuhr zu holen.« Er schwieg und starrte ins Feuer. »Wenig später habe ich dich auf dem Weihnachtsmarkt gesehen, und du hast die ganze Zeit von deinem Ein-Personen-Haushalt geredet, von dem einsamen Weihnachten, das du haben würdest, und so sehnsüchtig zu den Tannenbäumen hinübergeschaut. Wir haben über deine Mutter gesprochen, und alles war plötzlich so nah und vertraut. Und als du mich dann gefragt hast, ob wir uns kennen, und ich mit dir zu der Brücke ging, kam mit einem Mal die ganze alte Geschichte wieder in mir hoch, und ich fühlte mich wieder so wehrlos wie damals. Ich hatte Angst, wie du reagieren würdest, nachdem du die Wahrheit herausgefunden hättest. Denn es war mir klar, dass du dich erinnern würdest. Ich sah unserem Wiedersehen bei meiner Cousine mit Freude entgegen, und gleichzeitig war ich schrecklich nervös. Und als du dann vor mir standest in deinem roten Kleid und mich mit all deinen Fragen bombardiert hast, musste ich erst einmal an die frische Luft. Es tut mir leid, dass ich dich habe stehenlassen.«

»Oh«, sagte ich. »Und ich dachte schon, du wärst immer noch böse mit mir. Wegen damals«, fügte ich leise hinzu.

»Ach, Emma!«, seufzte er kopfschüttelnd. »Emma ... Emma ... Emma.« Er stellte sein Glas ab, schaute mich an und strich mir eine Strähne aus der Stirn. »Ich war dir niemals böse.«

Seine Augen waren mit einem Mal so nah wie damals, als wir atemlos und mit hämmernden Herzen auf dem Eis gelegen hatten.

»Dieser Nachmittag im Januar, als du mir das Schlittschuhlaufen beigebracht hast und wir zusammen über das Eis flogen, war einer meiner schönsten. Ich hätte alles für dich riskiert. Und nachdem du mich gerettet hattest, dachte ich, wir wären für immer miteinander verbunden. Damals habe ich gewartet und gewartet, und es hätte mich zum glücklichsten Menschen auf der Welt gemacht, wenn ich dein Freund hätte sein dürfen«, sagte er leise.

»Und heute?«, flüsterte ich, und spürte, wie mein Herz sich zusammenzog.

Daniel sah mich einen Augenblick an, der sich zu einer Ewigkeit ausdehnte.

»Heute ist es ganz genauso«, murmelte er. »Nur möchte ich nicht mehr warten.« Er griff mir in mein Haar und zog mich an sich. Und als er mich küsste, erst zärtlich und dann voller Leidenschaft, als er seine Arme um mich schlang und ich meine Augen selig schloss und zum ersten Mal seit langer Zeit das Gefühl hatte, endlich angekommen zu sein, sah ich plötzlich eine kleine Strichzeichnung vor mir.

Sie zeigte einen Mann und eine Frau, die unter einem Mistelzweig standen und sich küssten. Und über ihnen schwebte ein riesiges rotes Herz.

WAS WEITER GESCHAH ...

Es war wohl das ungewöhnlichste Weihnachten, das ich jemals erlebt hatte. Und es war tatsächlich ganz anders als alle Weihnachtsfeste zuvor.

Nachdem Daniel und ich eine Ewigkeit unter der Tür gestanden hatten – vielleicht so lange, wie es brauchte, all die versäumten Küsse nachzuholen –, riss uns mit einem Mal ein ohrenbetäubender Lärm aus unserem glückseligen Taumel.

Cooper hatte es irgendwie geschafft, den Weihnachtsbaum umzureißen. Er saß mit unschuldiger Miene vor der Tanne, die nun quer im Zimmer lag, umgeben von Kugeln, trompetenden Engeln und glänzenden Scherben. Wir brauchten eine ganze Weile, um das Chaos zu beseitigen und den Baum wieder aufzurichten. Ich hatte mit Cooper geschimpft, während ich die zerbrochenen Kugeln mit einem Besen aufkehrte, doch Dan hatte nur gelacht und gemeint »Scherben bringen Glück«, und wenn man es so betrachtete, konnte uns ja nichts Besseres passieren.

Es war das erste Weihnachten in meinem Leben, an dem der Tannenbaum umfiel, und es war auch das erste Weihnachten, das ich beinahe komplett im Bett verbrachte. Ich sage beinahe, denn am Nachmittag des ersten Weihnachtstags, nachdem Dan und ich uns irgendwann in den frühen Morgenstunden zwischen zwei Küssen frohe Weihnachten gewünscht hatten, anschließend ein paar Scheiben Toast mit Spiegeleiern und Schinken vertilgt hatten und dann Arm in Arm wieder eingeschlafen waren, klopfte es an der Haustür, und als ich mir rasch den Bademantel überzog und mit hochroten Wangen und zerzaustem Haar auf nackten Füßen die Treppe hinunterlief, stand Violet Hetherford vor der Tür. Sie hatte eine Schüssel mit Plumpudding mitgebracht, die ihr vor Überraschung fast aus der Hand fiel, als sie mich in diesem aufgelösten Zustand sah.

Sie brauchte nur einen Blick auf mich zu werfen, um zu wissen, was mit mir los war. »Ich sehe schon, der Mistelzweig hat seine Wirkung getan«, stellte sie zufrieden fest, und ich nickte glücklich und gab ihr spontan einen Kuss auf die Wange.

»So wie die Dinge liegen, wirst du heute wohl nicht mit mir und meinen Damen eine Gans essen«, meinte Violet scharfsinnig, und nachdem wir uns *Merry Christmas* gewünscht hatten, zog sie vergnügt mit ihrer Flasche Portwein davon.

Es war das erste Weihnachten, an dem die Strümpfe über dem Kamin morgens nicht gefüllt waren – außer vielleicht mit Liebe. Denn wie hätte der Weihnachtsmann auch seine Arbeit tun sollen?

Er hatte ja nachts bei mir im Bett gelegen und war viel zu beschäftigt gewesen, um durch den Kamin zu sausen und rote Strümpfe zu füllen.

Es war das erste Weihnachten, an dem ich am Nachmittag die Ansprache der Queen verpasste, denn da saßen Dan und ich mit unseren Papierkronen vor dem flackernden Kamin, zogen Christmas-Cracker auseinander und aßen selbstgemachte Lamm-Pie und Gänseleberpastete aus dem *Deli Gourmet*.

Es war das erste Weihnachten, an dem ich nicht mit Kate telefonierte, weil ich mein Handy einfach nicht finden konnte.

Und natürlich war es auch das erste Weihnachten ohne Mum. Aber dennoch war ich nicht so allein, wie ich es befürchtet hatte. Und auch nicht so unglücklich. Die Trauer darüber, dass es sie nicht mehr gab, vermischte sich mit dem großen Glück, einen Menschen gefunden, ja, wiedergefunden zu haben, dem ich mein Herz schenken konnte und mit dem ich ein neues Zuhause haben würde. Denn die Liebe ist immer noch mächtiger als der Tod.

Als Daniel und ich am ersten Weihnachtstag abends noch eine kleine Runde mit Cooper durch den Park gemacht hatten und an der alten Eiche vorbeikamen, war ich einen Moment gedankenverloren stehen geblieben. »Frohe Weihnachten, Mum«, hatte ich gesagt und ihr im Stillen gedankt, denn ich war überzeugt davon, dass sie bei meiner wundersamen Liebesgeschichte auf irgendeine Weise ihre Finger mit im Spiel gehabt hatte.

Am Boxing Day traf ich mich abends mit Harry im *Rose & Crown* und stellte ihm Daniel vor. Harry war nicht sehr erfreut, aber nachdem wir ein paar Bier zusammen getrunken hatten, nahm er es doch sportlich.

»Obwohl ich ja auch dein alter Schulfreund bin«, beschwerte er sich.

Ich lachte. »Ja, aber Daniel war eher da«, sagte ich.

Daniel und ich redeten viel in diesen Tagen zwischen den Jahren, die nur uns gehörten. Über Vergangenes, aber auch über Zukünftiges. Wir machten lange Spaziergänge und immer, wenn wir über die kleine Steinbrücke im Park kamen, blieben wir stehen und küssten uns.

Ich erzählte Daniel von dem Strumpfladen in London, in dem ich schon länger nicht mehr glücklich war, und er erzählte mir von seinen Jahren in Frankreich und von seiner Großmutter Harriet, die zunehmend unwilliger hinter der Theke des *Deli Gourmet* bediente.

»Noch unwilliger?«, fragte ich, und wir lachten. Und als ich dann noch anmerkte, dass die Schaufenster seines Ladens absolut grauenvoll dekoriert seien, zog er mich an den Haaren und meinte dann, ich könne es ja besser machen.

»Und das kann ich auch«, erklärte ich.

Allmählich formte sich ein Bild in meinem Kopf, das mir immer besser gefiel, und am Ende war mir klar, dass ich meine Stelle bei Louisa Pearl kündigen würde, um mit Dan das *Deli Gourmet* zu führen. Ich freute mich schon jetzt darauf, die Schaufenster neu zu dekorieren. Und das Schönste daran war, dass ich mein geliebtes Primrose Cottage nicht verkaufen musste. Ich würde zusammen mit Daniel hier wohnen. Hier in Snowbridge, wo mir jeder Stein vertraut war, wo manchmal kleine Wunder passierten und wo ich etwas ganz Neues beginnen würde.

Darauf hatte ich an Silvester mit Daniel anstoßen wollen. Wir hatten geglaubt, wir wären zu zweit, oder besser gesagt, zu dritt, doch am Ende saßen wir zu unserer großen Überraschung mit halb Snowbridge im Wohnzimmer. Immer wieder hatte es an der Tür geklopft, und alle hatten etwas zu essen oder zu trinken mitgebracht.

Violet Hetherford war gekommen, Arm in Arm mit Mr. Bradley, der ihr fürsorglich den Strickschal um die Schultern legte, wenn dieser herunterrutschte. »Mistelzweig!«, hatte sie mir zugeflüstert, und ich hatte nicht schlecht gestaunt. Cooper war glücklich, seinen neuen Freund Scotty wiederzusehen. Harry hatte sich zu uns gesellt, weil er seinen kleinen Neffen entkommen wollte. Dann standen plötzlich Helen und Francis vor der Tür, zusammen mit Lilli, die ihren Patenonkel, der sich die ganze Zeit nicht mehr hatte blicken lassen, schmerzlich vermisst hatte. Helen war glücklich, dass ihr Lieblingscousin nun endlich wieder ein Mädchen gefunden hatte, mit dem es ihm ernst war. Und als sie mich umarmte, hoffte ich, dass sie niemals erfahren würde, dass die kleine Herzensbrecherin von damals Emma Bloom war.

Als ich das Gefühl hatte, dass nun wirklich niemand mehr ins Wohnzimmer passte, klopfte es wieder. Ich zog die Tür auf und stieß einen Überraschungsschrei aus.

Draußen stand Kate mit ihrem schottischen Verlobten und sah mich vorwurfsvoll an. »Meine Güte, Emma«, sagte sie. »Warum gehst du nicht ans Telefon? Colin und ich haben uns Sorgen gemacht. Wir dachten schon, es wäre etwas passiert.«

»Ach, Kate«, seufzte ich glücklich. »Es ist ja auch etwas passiert. Aber etwas ganz Wunderbares.« Ich nahm sie in die Arme. »Weißt du, mein Handy ist seit Tagen verschwunden.«

»Und das soll das Wunderbare sein?«

»Nein, nein, natürlich nicht! Kommt herein!«

Ich zog die beiden ins Haus, wo alle anderen schon mit ihren Punschgläsern und kleinen bunten

Partyhütchen auf dem Kopf in fröhlicher Runde saßen. Dann winkte ich Daniel herbei.

»Ich fass es nicht«, sagte Kate und kniff die Augen zusammen. »Der Mann mit dem Jude-Law-Lächeln. Das ging ja schnell. Also war es doch Liebe auf den ersten Blick?«

»Nein, eher auf den zweiten«, sagte ich und warf Daniel einen verschwörerischen Blick zu.

Als eine Stunde später die Glocken der alten Pfarrkirche von Snowbridge Mitternacht schlugen, stimmten wir alle zusammen das schöne Lied *Should old acquaintance be forgot* an.

Und als Daniel mich an sich zog und »*Happy New Year, Emma*« in mein Ohr flüsterte, fiel mein Blick auf Cooper, der andächtig zu unseren Füßen saß, und mir ging kurz der Gedanke durch den Kopf, dass ich diesem kleinen Hund, der an einem regnerischen Tag im Dezember einen rosa Stoffhasen namens Bonnie gefunden hatte, vieles zu verdanken hatte.

Eigentlich alles.